雨花忠魂

雨花英烈系列纪实文学

文心涅槃

谢文锦烈士传

周新天 著

江苏凤凰文艺出版社

图书在版编目（CIP）数据

文心涅槃：谢文锦烈士传 / 周新天著. — 南京：江苏凤凰文艺出版社，2017.7
（雨花忠魂：雨花英烈系列纪实文学）
ISBN 978-7-5399-9452-9

Ⅰ．①文… Ⅱ．①周… Ⅲ．①纪实文学－中国－当代 Ⅳ．①I25

中国版本图书馆 CIP 数据核字(2016)第 325250 号

书　　　名	文心涅槃：谢文锦烈士传
著　　　者	周新天
责任编辑	黄孝阳　聂　斌
出版发行	江苏凤凰文艺出版社
出版社地址	南京市中央路 165 号，邮编：210009
出版社网址	http://www.jswenyi.com
印　　　刷	江苏凤凰通达印刷有限公司
开　　　本	880×1230 毫米 1/32
印　　　张	6.25
字　　　数	165 千字
版　　　次	2017 年 7 月第 1 版　2017 年 7 月第 1 次印刷
标准书号	ISBN 978-7-5399-9452-9
定　　　价	28.00 元

（江苏文艺版图书凡印刷、装订错误可随时向承印厂调换）

"雨花忠魂·雨花英烈系列纪实文学"
丛书编委会名单

王燕文　徐　宁　张亚青

万建清　范小青　韩松林

汪　政　张红军　阎海燕

信念之光　民族脊梁

中共江苏省委书记　李　强

南京雨花台，是一处历史名迹，更是一个革命圣地。它风光秀丽，历代文人墨客在此留下吟哦诗篇；它壮怀激烈，众多先贤志士在此演绎壮丽人生；它记忆殷红，无数革命先烈、共产党人在此献出宝贵生命。近现代以来，在雨花台英勇就义的革命烈士中留下姓名的烈士就有1519名，他们的事迹展示了中国共产党人的崇高理想信念、高尚道德情操、为民牺牲的大无畏精神。

习近平总书记在中国文联十大、中国作协九大开幕式上指出："祖国是人民最坚实的依靠，英雄是民族最闪亮的坐标。歌唱祖国、礼赞英雄从来都是文艺创作的永恒主题，也是最动人的篇章。"江苏省委宣传部、省作家协会组织编写的"雨花忠魂·雨花英烈系列纪实文学"丛书，以真实的人物故事，生动诠释了雨花英烈信仰至上、慨然担当、舍身为民、矢志兴邦的革命精神和英雄壮举。恽代英、邓中夏、何宝珍、施滉、徐楚光、陈原道等，这一个个英烈，是不灭的火种、不朽的丰碑，闪耀着革命信念的光芒，挺起了民族不屈的脊梁。"雨花忠魂"丛书，是深沉的革命历史见证，是深厚的红色文化传承，是深刻的思想教育启迪，展现了江苏作家对革命历史的正确认识、对雨花英烈的景仰之情、对弘扬社会主义核心价值观的自觉追求。

现在，江苏发展已经站在新的起点。全省上下正在深入学习贯彻习近平总书记系列重要讲话精神和治国理政新理念新思想新战略，按照省第十三次党代会提出的战略部署，积极投身"聚力创新，聚焦富民，高水平全面建成小康社会"的崭新实践，加快建设经济强、百姓富、环境美、社会文明程度高的新江苏。伟大的事业需要伟大的精神。我们缅怀雨花英烈，就是要学习他们的高尚品质和不朽精神，从中汲取养分与力量，砥砺全省人民朝气蓬勃地迈向未来；我们弘扬雨花英烈精神，就是要在高扬爱国主义主旋律、践行社会主义核心价值观的实践中，引导人们坚定对中国特色社会主义的道路自信、理论自信、制度自信、文化自信，努力创造出无愧于时代的崭新业绩，以此告慰那些为民族解放、国家富强和人民幸福而英勇献身的革命先辈们。

目 录

001	**第一章　文心春雨**
001	1. 桌面搏击
017	2. 脚下攻防
032	3. 浪里遨游
040	4. 胸中乾坤
047	**第二章　锦心妙笔**
047	1. 山道弯弯
068	2. 古寺深深
080	3. 心火炎炎
101	4. 华章灿灿
110	**第三章　丹心碧血**
110	1. 山中星火
116	2. 台前真理
125	3. 海上风云
137	4. 澜下英魂
154	**第四章　雾心户主**
154	1. 决策者
166	2. 索取者
175	3. 舍家者
189	4. 先行者

第一章
文心春雨

1. 桌面搏击

文绉绉求知，雄赳赳健体。

这是谢文锦赠给学生的题词。

青年教员谢文锦，这几天脑子里盘算的就一件事：买桐油，湖南桐油。

小时候他就听老人说过，桐油数湖南货最好，单重大，致密，防水，就算是普通松木、杉木甚至是杂木，油上这么几道，搁在家里能经久不腐，即便放在露天的地方，三五年不用担心渗水糟朽。

三天前，他去了一趟油漆店，店老板说，桐油有是有，缺湖南货和四川货，进货不多，卖脱了，要等几天。

"阿相，油什么？ 油几道？"阿相是相公的俗称，店老板问谢文锦，"贵州桐油也蛮好的，云南货也不错，价格还便宜，能多油两道，一正一反，算起来是一样的。"

从浙江第一师范毕业，到岩头高等小学任教以来，无论是漫步于街头还是行走于乡间，谢文锦常被人称作阿相，或者三相。 三相，就是三相公。 认识谢文锦的人都知道，他在家是老三，上有两个哥哥，下有一个弟弟。

岩头镇位于永嘉县中部，楠溪江中游的河谷小平原。 永嘉县属温州，阿相、相公，是封建时代温州地区对财主的称呼，后来泛指穿戴体面、身份较高的男人。 教书先生被人家称为相公，谢文锦很不习惯，很不舒服。 一开始，他总是笑着给人家打招呼，耐心解释，请不要这么称呼，清王朝垮台好几年了，现在是中华民国，讲究国民平等，人人平等。 然而，一方面缘于旧习俗难改，一方面出于对教书先生的尊敬，除了少部分人称呼他谢先生，多数人还是"阿相""三相"地称呼他。

这是中华民国六年，公元1917年，谢文锦二十三岁，刚从浙江第一师范毕业。

说起浙江一师，在中国教育界、文化界可谓赫赫有名。 她是中国建立最早的著名师范之一，大师云集，名人辈出。 她还是中国新文化运动策源地之一，"北有京师学堂，南有浙江一师"之说广为人知。

谢文锦买桐油干什么？ 漆桌子，乒乓球桌。

乒乓球桌？ 这是什么新鲜玩意？ 山民们可从没听说过。 就连谢文锦的学生，也都不知道乒乓球是什么，这种桌面竞技，到底怎么个玩法。 桌子上打球？ 那得多大的桌子？ 如何能保证球不溜出桌面，跑个没影？

乒乓球起源于十九世纪末的英格兰，英文意为"桌上的网球"。

"乒乓球"这个中文名,至1900年才正式出现,因其打击时发出的声音而得名。 大约在1904年,此项运动从日本传入中国。 最初是上海四马路文具店的老板从日本购进乒乓球器材,为了推销产品,组织人员在店内对打,作竞技表演。 此后,打乒乓球的人数渐渐增多,乒乓器材销量随之增大。 再后来,这项运动开始在各大城市推广。 可以这样说,日后在中国大行其道的乒乓球运动,最初的推动者是逐利的商家。 当时的乒乓球拍都是简单的木头制品,两面光滑,没有胶皮,几乎打不出旋转球,基本手法有推挡、抽球和扣杀几种。

也就是说,乒乓球运动尚处在幼儿期时,谢文锦就把它引入到浙南群山中的岩头高等小学。

乒乓球桌早已打制完成,由于未经油漆,就没有运出来,仍然放在木器店里。 那家木器店,早先是寿材店,棺材并不是常年有生意,为了生计,就捎带打制其他木器。 棺材、木器陈列一室,倒也不用忌讳。 山民不但不忌讳,反而认为是好事。 棺材寓意好:官财,官才;升官,发财,有才。 本来是谐音成趣,在民间看来,变成了谐音呈祥。

散学后,谢文锦带上几个爱好体育的学生,到木器店去看乒乓球桌。

"好大的桌子!"学生中为首的金贯真,砰砰拍响桌子,喜欢得惊叫起来。 金贯真十五岁,读六年级,身强力壮,勇敢刚毅。 因为他属虎,长得虎头虎脑,同伴们给他起了个绰号,"岩头虎",语带双关。 岩头既是地名,又表示位置高,气派大。 民国时期的高小学生,其中有不少人由私塾转入,因此入学较晚,等到毕业时,相当一部分年龄已不小。 金贯真进入小学之前,也读过三年私塾。 不过在同学中间,金贯真并不是最年长的,从岩头高等小学毕业时,他十六岁。 他的老师谢文锦,当初从广化高等小学毕业时,已年满十七岁。 而广化高小,正是岩头高小的前身。

四张巨大的桌子,差不多把木器店陈列室挤满了。 松木桌面平整如砥,光洁如纸,散发出好闻的松香味。

其他同学也不约而同,伸手抚摸乒乓球桌,纷纷说,真大,真宽。

不要说小学生了,六七天前,当谢文锦向木器店老板比划桌子尺寸时,对方也难掩惊讶的神色:"什么? 要这么宽?"

无论是城镇还是乡间,大桌案并不罕见。 不过,民间所说的大桌子,一般是针对长度而言,宽度都很有限。 除三尺见方的八仙桌以外,能称得上大桌子的,无非是屠户卖肉的肉案、糕点师傅的白案,再就是卖画先生的画案。 不过,那几种桌子,宽度都很平常。 肉案一般是两尺宽,面点白案一般是两尺半宽,画案稍微宽些,一般也不超过三尺。

当时,谢文锦掏出一团细麻绳,对木器店老板说:"松木桌子,四张,尺寸在这里。"店老板是个明白人,赶紧帮着把绳子拉直。 绳子上打了两个结,谢文锦指着离自己近的那个绳结,说那是高度,随后指着离店老板近的那个绳结,说那是宽度。

店老板说,从没见过这么宽的桌子。 谢文锦笑着说,这还不是最终的宽度。 大桌子是两两相拼的,也就是说,定制的四张桌子,最终要拼成两张更大的桌子。 等拼在一起,单张桌子的长度,就变成整个大桌子的宽度,到时候就更宽了。

店老板更加吃惊:"学堂里用的? 这么大的桌子,能做什么用? 画画? 那可够不着画纸上端。 吃饭? 那可够不着夹菜。"

谢文锦笑着说,不是画画用的,更不是吃饭用的,是专门让学生打球锻炼身体的。

店老板很不理解:"锻炼身体? 跑跑跳跳就可以了,用得着这个? 单用松木? 得花不少钱。 学堂有这闲钱?"

谢文锦解释说,不用学堂出钱,全部由他私人承担。

店老板又吃一惊,仔细打量他一番,才问:"你是潘坑来的,谢家三相?"

谢文锦笑了一下:"不要这么叫。"

店老板感慨地说："没想到你这么年轻。不简单，真不容易，难为你了。"

自从任教以来，谢文锦常常自掏腰包，为学堂、学童做事，加上他思想激进，学问渊博，兴趣广泛，短时期内就声名鹊起。

当然，声名这玩意，往往都有两面性。对谢文锦的评价也分为两派。

一派来自贫困学童及其家庭，认为谢文锦出身书香门第，对人和气，一点不拿架子，而且他为了撑起岩头高小，付出太多精力不说，还付出很多财力。

一派来自殷实富户和封建遗老家庭，认为谢文锦辜负了家族的栽培和父母的养育，一味沽名钓誉，不但不能养家糊口，还吃里扒外，从家里拿出钱财倒贴学堂，这样的儿子养了何用？更有刻薄者，干脆说："养儿不读书，不如养头猪。看看谢家三细儿（方言，即三小子），读了书又能怎样？他倒是读了许多书，到头来，还是不如一头猪。养头猪，年关脚下还能杀了吃肉呢，他倒好，从家里叼出白白的大洋来，白白吐到学堂里去。"

也有忧国忧民的饱学之士，对谢文锦作出了客观评价：其情也真，其心也切。他那份教育救国的激情，毫无疑问，是真挚的；他那颗改造国民素质的诚心，公正而论，是急切的。问题是，他太急切了，有时候难免操之过急。

仔细分析其所作所为，倒也不难理解：一方面，谢文锦血气方刚，具备要好心切的勇气；一方面，他谢文锦家境好，具备不遗余力的底气。

如今人们所看到的乒乓球桌，桌脚都是铁质的，可以折叠，为的是搬运方便。谢文锦定制的乒乓球桌，所有部件都是木头的，四脚粗大，桌面厚达一寸半。这桌子要摆到操场上风吹日晒，任凭孩子们疯玩，不厚实不行。民国时期的乡间小学，绝大多数都很简陋，能有块平整的操场就不错，要辟出专门的乒乓球室，简直是天方夜谭。露天的木器，除了结实之外，还得防腐。因此，可以理解，谢文锦对桐油的质量要求，不是一般的高。

看完乒乓球桌，谢文锦带着学生来到木器店操作间，找到正在劳作的店老板："老板，那几张桌子还得放几天，要刷几道桐油，学堂里没地方摆。"

店老板很看重这笔生意，也看重谢文锦的人品，当即满口答应："好的好的，就摆在这里好了。刷桐油不能在露天，会起皱的。"又问，"阿相，这桐油是你找人刷呢，还是我们代你刷？"

谢文锦看看眼前一帮男生，右手一划拉："我们自己刷，我们人多。"

金贯真几个人，喜笑颜开，信心满满地说："我们人多，不费劲儿。"

不久，湖南桐油到货了，油漆店老板托街面上的学生捎口信给谢文锦，问给他留几斤。谢文锦自语道："一张桌子刷三遍，一遍一斤，三四十二，最少十二斤。"于是吩咐那带话的学生说，"要十五斤。"

那学生早就听说，谢先生要给他们打制乒乓球桌，这会儿得知，这事就差最后一步了，很是兴奋，接到指令后，眉开眼笑，大声答应着，转头飞奔而去，赶着给油漆店回话。

第二天就是休息日，谢文锦还是等不及，当天下午散学后，就让金贯真找来六名学生，一行八人去油漆店。

桐油早已称好，盛放在一个木桶里，木桶提梁上，绳子、竹杠都备好了，油漆店老板服务很周到。木桶显然有些年头了，每次桐油挂壁后风干，就给木桶添一副铠甲，因此木桶不大，分量却不轻。不等先生吩咐，金贯真和另一名高个子男生，分立木桶两头，握住竹杠两端轻松提起，准备抬上肩。

谢文锦摆手说："且慢，还有别的呢。"随后说，两个人合用一个油漆桶，每人一把油漆刷。

金贯真大声喊道："老板呢？四个油漆桶，八把刷子。"

店老板正在后院里忙着捶制油石膏，听到招呼，带着满身油渍赶来。先是跟谢文锦打了招呼，又主动说："空漆筒只有小的，不用买了，先拿几个去用，用完记得还回来就行。"

　　谢文锦连桐油带工具一并付了钱，师生一行八人，抬的抬，拎的拎，拿的拿，带上材料赶去木器店。

　　木器店老板和两个徒弟，正在吃晚茶。山间人吃晚茶，跟城里不同，不是为了享受，是为了补充体力。见了谢文锦一行，店老板很高兴，大声喊一个徒弟的小名，叫他去买烧饼："你数一下，每人两个！"

　　谢文锦马上说："不用不用，你们吃你们吃，我们来刷桐油。"

　　木器店老板笑着说："谢先生，你是贵客，又是学堂里顶好的先生。没什么的，表示个心意。"

　　谢文锦见拗不过他，作了让步："那就谢了，一人一个，八个就够了，我们又没干活，不怎么饿。明天不上学，今天散得早，真不饿。"

　　店老板说："哦，明天不上学，难怪这么早就下学。"转头对徒弟说，"行，那就八个，一人一个。"

　　片刻之间，热腾腾、香喷喷的烧饼买来了。谢文锦朝学生说："也是老板的心意，我们就不用客气了，吃吧，一人一个。金贯真，你先来。"

　　金贯真有些不好意思。谢文锦说："那行，我先来。"还一本正经说，"让我看看，哪个芝麻最多。"

　　除了谢文锦，其他人都笑了。一笑，学生们也就放开了，丢下手中的工具，一拥而上，开始拿烧饼。金贯真甚至开起了玩笑："我也看看，哪个芝麻最多。"

　　大家又笑。谢文锦说："芝麻是个好东西。"随即做示范，"喏，一只手拿，一只手托，一粒芝麻也跑不了。"

　　店老板看着学生们，感慨地说："看看，看看你们谢先生，可真不简单。等你们长大了，有了真本事，也要像谢先生这样，志气大，心肠好，不忘本。"

同学们纷纷点头。随后，学着谢文锦，一手拿烧饼，一手托烧饼，开吃。

或许是由于太过兴奋，急着要干活，好几个学生噎住了，手忙脚乱找水喝。谢文锦说："不用急，人多，活儿却不多，急什么呢？"

吃完，拍拍手，掸掸衣服，谢文锦说："好了，这下干活更有劲儿了。"

刚跨进木器店陈列室，不等谢文锦开口，金贯真就分派任务："个子高的，我，你，你，我们三个刷台面；个子矮的，李得钊，你们四个刷桌脚。"转过头来，又对谢文锦说，"谢先生你负责指挥，不用动手，这张桌子，我一个人刷。"

谢文锦假装生气："不公平！这种赏心乐事、人生快事，怎么能不容我插手？"

于是，师生八人情绪高涨地当起了油漆工。

岁月无情，褪去了这样的画面：二十三岁，戴着眼镜，长相斯义的老师谢文锦，俯身弯腰，给乒乓球台面刷桐油；十五岁，粗胳膊粗腿的小学生金贯真，扭身歪脖，给乒乓球台漆侧沿；十二岁，细脖子细胳膊的小学生李得钊，蜷身屈腿，钻在乒乓球台下刷桌腿。

青史有幸，镌刻下这样的事实：谢文锦，革命先驱，烈士；金贯真，革命烈士；李得钊，革命烈士。他们都是浙江省温州市永嘉县岩头小学的著名校友。

春风化雨，雨润千树。桃李不言，下自成蹊。好教师，不只是知识的传播者，更是精神的引领者。

人多力量大，加之孩子们兴致高，劲头足，手脚麻利，不过盏茶工夫，师生八人就将四张松木桌子油了第一遍。

木器店老板也来看热闹，见到正散发桐油香的大桌子，忍不住手痒，接过一名学生手中的油漆刷，给一条缝隙补漆。他对谢文锦说："秋旱出黄金，这阵子天时好，气温高，天气干，漆面收得很快的。"

谢文锦问:"干燥一晚上,明天一早能刷第二道吗? 明天不上学,晚饭前我们刷完第三道,再干燥一夜。 后天,学生们就可以打球了。"

店老板想了想:"收漆绷面,那没问题。 不过,桐油不比普通油漆,一晚上要想干燥得很好,恐怕有困难。"

谢文锦不愿多等,想到一个主意:"你们不是有火盆子吗? 可不可以给它加加温?"

木器店一般都有火盆子,用于烤木材,便于熨直或拗弯,拗弯的木材可以制成有弧度的家具部件。

店老板一拍脑袋:"有有有! 还是读书人聪明。"很快找来火盆子,先搬到屋外,说是普通木柴烟雾大,怕把新桌子熏黑了,要先烧出一盆木炭来。 好在木器店里各种木柴边角料多的是,刨花能燃火,短废料能烧炭。 不怎么费劲,店老板真的整出一盆木炭来。 他说:"说是木炭,不太标准,马马虎虎,凑合着用吧。"

谢文锦点头说,行的行的,烟雾很少,又能加温干燥,很好了。

火盆移到摆放乒乓球桌的陈列室,谢文锦师生八人都涌进去实地体验。 虽说是秋天,但气温尚高,加上火盆里木炭烧得正旺,室内气温迅速升高,个个开始流汗。 金贯真笑着说:"谢先生,这第一遍,肯定干得快,黏得紧,贴得牢。"

谢文锦很满意,叫大家散了,明天再来。

"什么时间呢,先生?"瘦小的李得钊问道。

"不急,"谢文锦本想说个具体时间,一想山民家里普遍没钟表,就说,"明天不上学,不用起太早。 天亮了起床,吃了早饭再来。 刷完第二道就回去,功课该学的学,该温的温。 太阳落山前,再刷第三道。"

让谢文锦没有料到的是,第二天最早赶到的,居然是瘦小的李得钊。 本来他以为,敢说敢当、勇于争先的金贯真会最早到达。 事实上,他还没步入木器店陈列室,就看见金贯真正在俯身刷乒乓球台面，于是招呼道："这么早？"

谁知金贯真笑着说："还有更早的呢。"

谢文锦不信："在哪里？ 怎么连人影都看不见？"

金贯真用油漆刷指了指最里面那张桌子："台子底下钻着呢，都刷完两张了。"

李得钊从桌子下钻出来，跟先生问好。

唉，他还是那么瘦，还是那么不甘人后，自尊心永远是那么强。一开始，谢文锦就认定李得钊这孩子不一般。他能看出，这孩子出自寒门，过分自尊；他也能看出，这孩子聪慧细致，倔强无比。果然，不久他就得知，李得钊在班级里，成绩稳居第一，其地位始终无人撼动。家境贫寒的他，在伙伴中间威信很高。李得钊还有个古怪的雅号，"砧板国士"。

李得钊深得谢文锦器重，谢文锦曾经赠给他一幅字，写的是："纵有万般苦，誓为民做主。"

每当看到李得钊，谢文锦总是情不自禁地想起，自己当初在省立十中经受的屈辱。那些自命不凡而又鼠目寸光的所谓上等人，惯于用欺压别人的手段，来维系那份如梦幻泡影般的优越感。他们不知道，在积贫积弱的国度里，即便泡影美过彩虹，也罩不住虚假的尊贵荣耀。真正的尊贵，真正的荣耀，只属于强大国度里丰衣足食、互敬互爱的人民。然而，这些追求虚幻荣耀的上等人，给来自穷乡僻壤的学子，给同为华夏子孙的同胞，带来多少玷污史册的伤害。

中国最后一个封建王朝大清国，是奴化程度最高的朝代。与此相适应，在清朝当主子，特权最多，红利最多，满足感也最强。康熙皇帝号称"圣君"，具有讽刺意义的是，在其统治期间，《圈地令》《投充令》盛行，满清贵族个个忙于圈地夺人，强迫汉人投充为奴。奴婢无任何人身自由，主人可肆意剥削，随意践踏，任意变卖。被充为奴的汉人不堪欺凌，纷纷逃亡，清廷又颁布《逃人法》，严惩逃亡者，重判窝逃者。圈地蓄奴之酷政，直至雍正时期才有所改观。然而，有清一代，奴隶制传统根深蒂固，满族大臣无论地位多高，在皇帝面前始终以"奴才"自称。汉族大臣虽对清帝自称为"臣"，实际地位比当奴才的满族大臣还要低。长期的奴化，使得清朝子民成了这样一个奇特群体，在"上等人"面前，他们卑躬屈膝，苟且偷生，只求能做稳奴隶。而一旦遇到比自己地位低、比自己穷困的，马上变脸，自封主子，耀武扬威，不可一世，恨不得把多年损失的尊严瞬间找回，于是，无辜者成了其发泄怨愤的对象，贫贱者成为其释放淫威的替罪羊。与谢文锦同为浙江一师校友的鲁迅，在其小说名篇《孔乙己》中，就极为深刻地揭露了这种奴性与暴虐并存的病态世相。打断读书人孔乙己的双腿，使其严重残疾的，不是旁人，正是读书人出身的丁举人。而丁举人的前身，就是孔乙己这样的贫贱之人。在皇帝、朝廷、满清贵族面前，丁举人是温顺的奴才；在贫贱者孔乙己面前，丁举人是暴虐的主子。

从踏进浙江一师的那一刻起，谢文锦就立下志向：自己日后当老师，一定要把自尊自爱、互敬互爱的种子，播撒到每一位学生的心田。从遇到李得钊的那一刻起，他又立下誓言：只要我还当老师，决不允许李得钊这样的学童受到歧视和欺负。

同学们都知道，谢先生喜欢的学生有不少，包括好学不倦的，天赋过人的，多才多艺的，甚至包括不甘平庸、鲁莽出头的；同学们都知道，谢先生最看重的学生有两个，虎头虎脑的金贯真，细胳膊细脖子的李得钊。

同学们不能预测的是，七年之后，身为中共党员的谢文锦，秘密写信给社会主义青年团团中央，介绍八位满腔热血的优秀青年加入SY（社会主义青年团），其中就有他的学生金贯真、李得钊。这二人没有辜负恩师的期望，其后都成长为忠诚的共产主义战士，最终成为英名镌刻于青史的革命烈士。

金贯真(1902—1930)，原名家济，浙江省永嘉县岩头人。1912年入岩头小学读书。1919年考入浙江省立第十师范学校。五四运动爆发后，积极参加爱国学生运动和新文化运动，组织和参与组织多个进步青年会。1924年任第十师范附小教员，由谢文锦介绍加入社会主义青年团；次年转为中共党员，成为中共温州独立支部主要成员。1925年在谢文锦资助下，与李得钊一道入上海大学学习，不久被共产党派遣参加国民革命军军事训练。1926年秋担任北伐军东路军总指挥部秘书兼党团书记。1927年秋被党组织选派到苏联中山大学学习。1929年归国担任浙南温台（温州和台州）地区巡视员。1930年任浙南特委书记、中国工农红军第十三军政委。1930年5月20日牺牲于温州。

李得钊（1905—1936），又名德昭，字伯明，浙江省永嘉县港头人。1917年入岩头小学读书。1920年考入瓯海艺文中学，1924年任该校附小教员。同年，由谢文锦介绍加入社会主义青年团，次年转为中共党员。1925年在谢文锦资助下和金贯真一道进入上海大学学习。同年冬，被党组织选派到苏联东方大学学习。1927年2月回国，担任第三国际代表翻译。1928年起在中共中央宣传部工作，任《红旗》报编辑，兼做团中央工作，先后在《红旗》《列宁青年》等报刊上发表许多文章。1930年任中央军委秘书。1933年1月任上海中央分局秘书长。1934年6月26日被捕，随后移送南京宪兵司令部看守所，受尽拷打利诱，始终坚贞不屈。1935年8月被判十五年徒刑，移送南京军人监狱，受尽折磨，后染上肺结核，1936年9月因狱医连续错误用药而逝。建国后，周恩来致函华东军政委员会，指示陈毅办理追认李得钊为革命烈士一事。1951年5月17日颁发烈士证。李得钊革命史料现陈列于南京雨花台烈士陵园纪念馆。

金贯真一直是学生头，谢文锦欣赏他的刚毅果断，更欣赏他的领导才干，曾多次预言这孩子将来必成大器。在给友人的信中，谢文锦更是直言，金贯真是他的"得意门生"。谢文锦喜欢与学生打成一片，不少品学兼优的学生，都曾收到他亲笔题写的赠言。谢文锦给"岩头虎"金贯真的赠言，是分量最重的，区区八个字，却寄托着无限希望："心雄万夫，志在征途。"

四张大桌子，在岩头高小操场背风的一角，拼成两张乒乓球桌，在小孩子的眼中，真的算得上壮观。此后，每到课间休息时，校园这一角便成了最热闹的去处。竞技者龙腾虎跃，观战者潮起潮落。别看乒乓球是洋玩意，但孩子们学起来一点不难，上手很快。不出一个月，绝大多数男生都学会了这项体育活动。与此同时，学生的主观能动性完全被激发出来，新点子、好点子不断诞生。

起初，全体球员只有四副乒乓球拍，可以凑成两组双打。这四副球拍外形规整，木质很好，是谢文锦师范毕业时从杭州带回的。

很快，不少男生就有了自己的球拍，形状大小跟标准球拍基本没差别，也都是光板子，只不过边缘稍显粗糙而已。木柄粗糙会磨破虎口和手指，孩子们自有对策，有的缠上布条，有的绕上棉线，也有人干脆花点小钱请修鞋匠贴上真皮边角料。谢文锦购回的四副球拍，由体育老师保管，天气晴好时拿出来放到球桌上，供同学们自由练习，散学后收起。如果天下雨，或者刮风，就不提供球拍。谁都知道，人类刚学会某项技能时，迫切需要向外界展示，也就是说，技痒难熬。下点小雨算什么？照样可以玩。没有球拍怎么办？自己动手做。一个聪明男生，首先想到用一张纸、一支笔拓下球拍外形。一天之内，孩子们用这张拓片为蓝本，争相摹画，几乎人手一张球拍图纸。散学后，无论是有钱的还是没钱的，无论是父兄肯帮忙的还是父兄阻止的，孩子们都找到了有效办法，自己创造出球拍。当然，天资好的孩子，允诺帮天资不好的孩子写几次作业，以此为条件换取一只球拍，也算是行之有效的办法。

人多球台少，轮不到上台怎么办？学生们又开动脑筋，热烈讨论之后，立规矩，定章法。课间休息时间短，那就来"三球坐庄法"。每次得分后，发球权都易手，谁先输三分谁下场，赢球的连续坐庄。散学后时间长，那就按年龄分组，猜拳上场，一桌单打，一桌双打。

一开始，乒乓球台上是有球网的，也是谢文锦从杭州买回来的。因为常常拆卸，玩的人又太多，球网很快就坏了。不等谢文锦想出对策,孩子们就带来了永久性球网——刷好桐油的杉木方子,比砖头还厚,往中间一摆,最霸气的网子就有了。

又过不久,更有趣的事情发生了。乒乓球打得最好的几个男生,惊奇地发现,把乒乓球运动带进校园、最值得他们尊敬的谢先生,居然成了他们的手下败将。

那一天,手持正规球拍的谢文锦,和一个持土制球拍的男生对垒。没等谢文锦再三挣扎,那男生就干脆利落地将先生"斩落马下"。课间时间短,容不得什么"三盘两胜",于是同学们齐声高呼:"换人!换人!"

谢文锦很自觉,二话不说,撂下球拍,腾出位置。谁知大家起哄说:"换那头!换那头!"

谢文锦顿时明白过来,抓起球拍,故意板着脸说:"怎么了?嫌我输得不够,要我难看?"

大家都笑了。这时候对手早已换了。好家伙,新对手架势不小,不但不笑,反而瞪着眼,咬着牙,腮帮子鼓得高高的,一副志在必得的样子。

谢文锦说:"都想赢我?没那么容易!"挥拳鼓劲,打算翻盘。可惜事与愿违,很快他又输了,这一回输得更惨,比分差距很大。

大家又起哄:"换人!换人!"

谢文锦自嘲说:"你换我不换,屡败屡战!"

由于对方阵营推举的选手都是战斗力最强的,没有悬念,谢文锦又输了。

大家再次起哄:"换人!换人!"

谢文锦抬手制止说:"不换了,快上课了。"随后,他皱着眉,苦着脸,像是问大家,又像是自言自语,"我多大了?老了吗?怎么老是输?不对呀,我才二十几岁呀。"

大家都忍俊不禁,不少人笑得前仰后合。人群中,有一个人没笑,这就是十五岁的金贯真。他的内心,此时此刻被尊敬和仰慕之情填满了。看过刚才短暂的比试过程，他至少明白了这样几层：谢先生花费金钱，花费精力，把乒乓球引入学堂，一不是为了显示家庭财力——事实上他们家已不再富裕；二不是为了展示个人球技——事实上他的球技很是一般；三不是为了追求名声——事实上某些迂腐的老先生已开始败坏其名声。总之一句话，他这样做，都是为了学子，都是为了家乡、家邦后继有人。这样的人不值得尊敬，那么，什么样的人值得尊敬？

跟金贯真所预料的一样，谢文锦输球，不但不影响师道尊严，恰恰相反，随着谢文锦在乒乓球竞技中落败次数越来越多，他在学生间的威信也越来越高。他所倡导的活动，特别是体育活动，总是一呼百应。当然，其他男生没有金贯真想得那么多，那么深。他们只是觉得，作为谢家三相公的谢先生，出身好，人品好，学问好，出手大方，不拿架子。如果他身穿长衫，戴着眼镜，手握球拍，挥洒自如，永立不败之地，放眼皆无敌手，那么，这样的先生，离山民的子弟太远，只会让学生敬而远之，怎么敢亲近？

谢文锦鼓励学子多打乒乓球，除了增强体质之外，还有一层考虑。孩子们读书时间太长，容易跟他一样，患上近视症。打乒乓球，视线追着球来来去去，眼球活动频繁，有利于恢复视力。为此，他还专门用毛笔在元书纸上写了两行大字，让金贯真带给学生传阅："乒乓乓乓台上搏击，眼明手快强身健体。"

新生事物的萌生发展，大多都伴随着不和谐音符。正当岩头高小掀起乒乓球热潮时，几位封建遗老坐不住了，纷纷出言攻击。一开始只是背后说，后来见背后议论毫不见效，谢文锦一伙不理会，不收敛，于是遗老们火了，准备当面攻击。

这天散学后，男生们又簇拥着谢文锦，有说有笑走向乒乓球台。一位穿长衫的老先生，居然不紧不慢跟在后面。一开始学生们都没在意，渐渐感觉气氛不对劲，不再说笑。等人群安静下来，谢文锦这才感到异常，回头一看，那位老先生正皱眉摇头，连连叹息。

见谢文锦回头看,老先生故意转身,踱着方步,一边走一边发感慨:"不务正业呀,不务正业。"

谢文锦大声喊住他:"且慢!"

老先生停步,转身,看着谢文锦,怀着敌意问道:"谢先生,有何指教?"

谢文锦不卑不亢问道:"请教,何为正业?"

老先生傲然道:"明知故问。读书人的正业,当然是读书,读圣贤之书。像乒乓球这等顽童嬉戏,学了何用?"

"强身健体,怎能说无用?既然如此,我来问你,"谢文锦走近两步,"你说读圣贤书最有用,别的都无用,那么我来问你,读了两千年圣贤书的中国人,为什么会输掉甲午海战?为什么会有庚子国变、庚子赔款?为什么会签下《辛丑条约》?"

对方脸色通红,两眼蹿火,最终哑口无言,拂袖而去。

学子们备受鼓舞,鼓掌呐喊。谢文锦趁势开导他们:"圣贤书并非不要读,但也要开眼看寰宇;要学新知识,也要强健筋骨。只有这样,将来才会有成就,才会有大成就。倘若我中国,人人拥有新思想,人人习得新知识,人人有副好体魄,那些洋鬼子,又怎敢侵我国土,掳我珍宝,欺我百姓?"

一席话,说得学生们心潮澎湃,人人点头。

那位跟谢文锦论辩的老先生,表字里有一个"冬"字,谢文锦戏称其"冬烘先生"。

金贯真等几个年龄稍大、学问较高的学生来了兴趣,将校内思想保守的老先生一一列数,以"冬烘"为参照,结合各自特点,分别赠予绰号。"冬烘"之外,尚有"西烤""南炖"和"北烧",合称"四大孝子"。

谢文锦笑着说:"冬烘、西烤,南炖、北烧,押韵上口。四大孝子,这名也起得好,不想着如何为民请愿,只想着如何当好封建君主的孝子贤孙。"

2. 脚下攻防

岩头小学里，很快掀起乒乓球运动热潮，这跟谢文锦预料的完全一致。他没有料到的是，这项关乎小球的小小运动，差不多花光身上所有金钱。

年轻同事都知道，谢文锦为人豪爽，办事麻利，因此向来没有积攒钱财的习惯。国家贫弱，百姓困苦，小学教员在底层人民眼里，算是个让人羡慕的职业，每月有进项，十天半月能见荤。然而，小学教员的薪水并不高，一般来说，普通教员的月薪分为三个等级，六元、八元和十元，银元，也就是大洋。谢文锦毕业于著名师范，旁人不能教的新课程都能教，因此薪水较高，每月十元。不过，这点薪水，对于目光高远、胸怀大志的人来说，简直太微薄了。

谢文锦的老家在潘坑，离岩头约六十华里。如果带上干粮慢慢走，一天时间能走到，无须两头摸黑；如果天不亮就起床，路上走得快，午饭后就能回家。不过，同事们都知道，除了寒暑假，谢文锦一般很少回家，这让人难以理解。岩头小学条件简陋，客观地说，无论是居住条件还是伙食条件，都不如谢文锦家里，更何况，他家里还有一位年轻秀气的妻子，才二十一岁。

无论别人怎么想，谢文锦就是不回家。有人揣度说，谢文锦读完私塾之后读了多年新学，知识渊博，思想激进。可惜的是，一个极力追求自由的人，其婚姻大事却由长辈包办，父母之命媒妁之言，都是按老规矩来的。其妻是旧式女子，据说目不识丁。谢文锦对此不满，才不想回家。

当然这只是猜测，这种事，当局者不说，旁观者不宜多问，不得体。

这一回，谢文锦跟同事说起，要回老家潘坑一趟，两天时间够了。同事心里算了一下，去程一天，返程一天，除去夜晚，时间差不多全耗在山路上。

自谢文锦六岁半外出读私塾开始，家人早就习惯他的缺席。没有特殊情况，不会特意让人捎信要他回家。

谢文锦背着一个麂皮书包，独自踏上山路。皮包未曾染色，外形朴素，皮质很好，结实耐磨。

山间麂子很多，猎户捕获后，一般不会剥皮硝制，都是连皮卖，人们也习惯品尝带皮的野味。如果有人向皮匠预定麂皮鞋或者装烟丝的麂皮荷包，皮匠就会专门向猎户订购，要麂子皮，要几张，当然只要硝制好的。在民间，皮匠就是鞋匠，能做皮鞋的鞋匠。

书包宽约八寸，长约一尺二，无论是外形还是结构，都谈不上有什么设计，但用起来很方便。顶部并没有封口的机关，只是巧妙地借助两根背带，就解决了封口问题：一边两个绳眼，两根皮绳背带，都穿过四个绳眼。这样，只要提起皮绳，就像抽紧球鞋的鞋带那样，能轻松网住开口处。

书包分里外两层，里层放着两张面饼和一壶水，还有一本书，外层放了一把熟铁镇纸。谢家开过炼铁铺子，镇纸是谢文锦的父亲谢国广专门让炼铁师傅打制的，一共四根，四个儿子每人一根。镇纸长约一尺，宽一寸有余，厚约半寸，入手沉甸甸的，但并不硌手。原来，谢国广研制这样的镇纸，是有深意的。镇纸既能当文房用具，又可以当防身兵器。既然是防身，重在保全自己，而不是杀伤敌人，因此，镇纸的八角十二棱都被磨圆了。

水壶是锡制的，形状扁平，两肩略圆，顶部中间有短颈，刻有螺纹，盖子可拧紧，正面和背面轮廓像一个"由"字，侧面看去仅见一竖。其奇特之处在于，盖子不是锡制的，而是红木的，拧开红木盖，可见插入式锡制内盖。这样的好处是，盛水后插上内盖，旋紧外盖，不漏不渗，方便携带。

壶身正面镌刻有图案，一块峭拔的岩石，两根嶙峋的松枝，还有几簇松针，并刻有题词："高岩古意浓，壬子冬文锦作。"这是谢文锦1912年秋在浙江一师读书时的工艺作品，时年十八岁。当年他还制作了另一件工艺品，一只金边碗，刻有菊花和蝴蝶，题词是："老圃秋容淡，壬子冬文锦作。"一壶一碗，构图精美，雕工娴熟，书法劲秀，文字古雅，显示了谢文锦的多面才华。

"老圃秋容淡，高岩古意浓"，正好合成一副对联，对仗工整。 在谢文锦看来，一碗一壶足矣，吃饭喝水问题都能解决，不必再留恋其他物质享受。 这样做，其实是向一位先贤致敬。 颜回，孔子最得意的弟子。《论语·雍也》这样评价颜回："一箪食，一瓢饮，在陋巷，人不堪其忧，回也不改其乐。"

谢文锦走得并不急，反正带了干粮，不用赶中饭期，只要天黑前能到家就行。 晌午时，歇脚吃干粮，肚子不太饿，只吃了一张面饼，喝了几口水。 因为不算饱腹，他寻思不必停留休息，于是接着赶路。

母亲陈氏和妻子周莲朓，都不知道谢文锦要回来。 谢文锦沿着大门前高高的台阶拾级而上，还未跨进院门，就见母亲正蹲在地上翻晒秋熟果实。

母亲陈氏年过半百，但无论是精力还是记性，还跟从前一样，没有减退的迹象。 山区成片的土地很少，零碎田亩，有场院那么大的一块整片，就值得农家骄傲了。 山里人肯吃苦，为了打粮糊口，巴掌大的土地都会利用起来，再小的村庄也有为数众多的田块。 谢文锦十四岁那年，父亲病故，其后，母亲陈氏便挑起生活重担。 谢家田亩总面积并不是很大，但因单块土地面积不大，除潘坑有一块两亩的水田之外，其他庄田、坡地都在外村，有的甚至很远。 陈氏虽说基本上不识字，但每块田的位置、大小、租种者和地租率，都能记得一清二楚。 其夫谢国广去世后，陈氏承担起一切外部事物，外出收租，坐家卖粮，都由她一个人操持。

谢文锦十八岁娶亲，妻子周莲朓负责家务，打扫卫生，煮饭洗碗，捻麻纺棉，浆洗缝补，饲养家禽家畜，每天从早忙到黑。

"阿妈，我回来了。"谢文锦大声招呼母亲，笑着在院门上梆梆拍了两巴掌。

母亲吃了一惊："三细儿？ 用绣？"赶紧迎上来，脸上笑着，嘴上却在责怪他,"用绣,你又搞怪,不声不响的。"谢用绣,是谢文锦上学之前的名字。

谢文锦故意说:"门都砸了,还不声不响?"

母亲要替他拿包,谢文锦说不重,把包从肩膀上褪下来,提在手中。 母亲转头朝屋里喊:"莲朓,莲朓! 用绣回来了。"

屋子里慌慌张张跑出一个年轻媳妇,双脚一踮一踮的,跑到场院中间,又慌慌张张站住,看一眼自己的丈夫,随即转开目光,两手凑在小腹前,右手握住左手四指,幅度很小地揉捏着。 此前她一直坐在家中纺线,两手长时间程式化动作,有些酸,又有些僵,此刻两手搭在一处,正好可以揉一揉,舒活一下。

此刻,太阳还没隐入高高的西山,天光明亮,却并不刺眼。 谢家三儿媳周莲朓,白净的脸庞倾侧着,沐浴在平和的秋光里,弯弯的眉毛和下垂的眼角,还有那一身朴素的蓝布衣衫,都表露出一种旧式良家妇女的德行,用一个字就可以概括,顺。 这个顺,可以表述为温顺,和顺,顺从,也可以表述为软弱,即逆来顺受。

而作为新式青年,谢文锦痛恨封建糟粕,憎恶一切旧思想,其中就包括旧式妇女心无主见,逆来顺受,任人宰割,犹如羔羊。

眼前的妻子,并没有做错什么,却是一副六神无主、手足无措的样子。 对此,谢文锦在感到一丝怜悯的同时,心头又生出不可遏止的悲凉。 他无话可说,只好默默叹息。

母亲站在谢文锦身旁,虽说听不到他的叹息声,却分明感到他在叹气。 母亲陈氏看一眼自己的儿子,再看看场院中窘迫无助的儿媳妇,也不禁默默叹息,随后说:"莲朓,去杀只鸡,这会儿就算上街,也割不到肉了。"

周莲朓如释重负,点头答应,迈着碎步朝鸡舍方向走。 谢文锦说:"不要杀鸡,杀什么鸡呢? 留着生蛋。"

周莲朓怔了怔,住脚不走,拿不定主意,只好转头看着婆婆。 婆婆说:"不杀鸡吃什么? 又没有别的菜。"

听到这里,周莲朓心里似乎有了谱,不再看丈夫脸色,起脚又走。

"不能杀鸡!"谢文锦态度坚决,"又不过年又不过节,又没有什么大事,杀什么鸡?"

周莲朓只好又站住,看看丈夫,看看婆婆,拿不定主意,脸都红了。

母亲陈氏先是对儿子说:"你难得回家一趟,没有一样像样的菜。"又转头吩咐儿媳妇,"其他还有什么?"

周莲朓略一迟疑,才说:"有蛋,鸡蛋鸭蛋都有,有不少。"

谢文锦果断地说:"炒个蛋,煮个粉干,很好了。"粉干就是米线。

周莲朓小声补充:"也有咸鸭蛋。"

谢文锦一挥手说:"也好,也煮几个。就这样,做饭去吧。"

得到这样的指令,周莲朓没有理由再迟疑,忙着去准备饭菜。

这一边,谢文锦对母亲说:"我只住一晚,明天一早要赶回学校。"

母亲有些不高兴,欲言又止,皱眉斟酌一番,才说:"成亲这么多年了,连个细儿都没有。你在外面还好,莲朓在家里,人家会怎么看?"

谢文锦也有些不高兴:"阿妈,你再说这个,下次我不回来了。"

母亲显然很是生气,但还是忍住了,看看自己的儿子,再看看儿媳妇大致的方向,最终问:"你回来,是不是要钱?"

谢文锦爽快地承认:"嗯,要钱。"

母亲不免要抱怨一两句:"花销越来越大,再大的家私,也不够你花。"随后就问,"要多少?"

谢文锦提起自己的衣服下摆,衣服是普通棉布的:"我又不是图吃喝、耍派头,我是为了兴学堂。"

不说这个还好,一提兴学堂,母亲陈氏气不打一处来:"图吃,还有个痛快,图穿,还有个气派,兴学堂兴学堂,你图个什么?"

谢文锦不屑地说："吃喝穿戴？那算个狗屁。我是干大事的人。"

母亲又好气又好笑："干大事，必得是挣大钱的人。哪有干大事的，老是回家向阿妈要小钱？"

谢文锦忍不住笑了："盖楼起步打墙基，大事起步是小事。阿妈，你要讲道理。"

母亲也笑了："教书先生，挣钱的人，不拿钱回家孝敬阿妈，反过来向阿妈要钱，你这是讲道理？这是哪国先生教你的道理？"

"我说了的呀，我要兴学堂，干大事。"谢文锦严肃地问母亲，"你知道将来的天下，是什么样子吗？"

母亲愣了一下："天下？什么样子？你是学堂里的先生你不知道，你问阿妈？"

谢文锦压低声音，神秘地说："你知道十月革命吗？"

"十月？"母亲糊涂了，"什么命？哪个的命？"

谢文锦说："刚刚，不久前，俄罗斯，不是我们，是外国，发生了件天大的事，十月革命。"

"外国？外国的事碍得着我们什么？"

谢文锦说："碍得着的。将来的天下，不是这个样子。"

母亲不服气："不是这样子，是哪种样子？"

"不管什么人家，人人都有饭吃。"谢文锦带着无限憧憬，无限神往，"不管哪里的孩子，人人都有学上。"

"人人都上学？"母亲很是不解，"哪来那么多学堂？总不能蹲在露天读书。"

谢文锦说："所以呀，才要兴学堂，才需要我这样干大事的人。"

母亲摆手说："你看看，又说回来了。算了，不说这个了。要多少？"

"你有多少？"谢文锦笑着低声问。

家里有没有钱，母亲从不瞒他："要现钱？不到二十块。"

谢文锦不再跟母亲商量,直接给出结论:"家里留五块应急,其余都给我,我要派大用场。"

母亲并没有追问他,从家里拿去现大洋,到学堂派什么样的大用场。 当然,就算母亲真的这样问,谢文锦也不会照实回答。 如果他老老实实说,学生们需要靠运动增强体质,足球就是很好的运动,他拿了钱去,将专门托人去杭州,购买洋人缝制的牛皮足球,每个都贵得要命。 另外,乒乓球桌能土法上马,乒乓球拍也能土法制作,但是,消耗量很大的乒乓球,只能拿钱买。 乒乓球是赛璐珞制品,小地方没货,必须托人进城买。 开始是一打一打托人买,但老是麻烦人也不是办法,只能一整箱一整箱地买。

想想看,母亲大人听到这样的回答,会不会气得晕过去?

舶来品足球,洋人缝制的洋玩意,真的很贵。 一枚银元能买七斤多猪肉,四十多斤大米,而一只洋人缝制的牛皮足球,居然能卖到一块五! 也就是说,谢文锦一个月的薪水,只能买六只足球。

与此形成对照的是,民国时期,居然是中国足球的黄金时代。 民国二年至民国二十三年,即 1913 至 1934 年,远东运动会一共举办十届,除第一届中国获得亚军之外,其间中国队连获九届远东足球冠军。

足球买回后,谢文锦没舍得全部拿出,先拿出两只。 足球竞技动作比较剧烈,大孩子、小孩子混杂在一起踢球,既不公平,也不安全,谢文锦让金贯真给学生分组。 经过仔细统计,金贯真分组很合理:九到十二岁是一队,李得钊任队长;十三岁以上是二队,金贯真任队长。

跟乒乓球运动相比,爱好踢足球的学生并不太多,年龄太小的、营养不良的、体力不好的都不会参加。 除此以外,有些学生虽说本人喜欢踢球,但家长爱子心切,担心剧烈运动会让孩子受伤,坚决不同意孩子参加足球队,甚至到学校来吵闹。 为了避免不必要的麻烦,对这样的同学,金贯真采取的办法是劝离。 他说:本来大家都喜欢打乒乓球,两张球台分不下来,刚上去舞几下拍子,就要下来,不过瘾。

现在一下子走掉几十个,你们这些好手,正好可以在乒乓球台上称王称霸,大展身手。那些同学一听,倒也是,父母不让踢足球,没说不让打乒乓球,那就一心一意打乒乓球吧。

鉴于以上原因,谢文锦拿出两只足球,可谓正合适,刚刚好。

从此,岩头高小有了两支生龙活虎的足球队伍,至于领队,当仁不让,是出钱最多、出力也最多的青年教师谢文锦。

岩头小学的房舍并不气派,岩头小学的经济实力并不强大,但是,岩头小学的名声很响。从人的因素看,很简单,因为有谢文锦这样的新派教员;从物的因素看,也很简单,一座山乡小学,居然有乒乓球台,还有足球。

那阵子,不少年龄稍大的学生,在给外出谋生的亲人以及远方亲戚朋友写信时,除了介绍家中大事、自己学业情况之外,都要自豪地写上:我们都会打乒乓球,我们学校有足球队!

孩子们引以为傲的,同样是谢文锦引以为傲的。他除了倡导"雄赳赳健体",也非常重视"义绉绉求知"。他公开宣扬,兴学堂,就要有新气象,不能死读四书五经,为此,他除了担任体育教员之外,还担任英文、音乐、生理课教员。缺乏教材、教具,他采取的都是老办法,挎上旧皮包,带上干面饼,把那宝贝"高岩古意浓"锡壶灌满茶水,走上大半天山路,回潘坑老家,向母亲要钱。每次都是现大洋,每次都不会少于十块。

这个整天把"兴学堂""干大事"挂在嘴上的三细儿,让母亲陈氏又是溺爱,又是气恼。儿子两三岁起,乡亲们就常常夸赞,这个细儿聪明无比,有过目不忘之才。儿子长大了,乡亲们都夸赞他学问高,志气大,将来注定要干大事。天下做母亲的,无一例外,最喜欢听的就是这类溢美之词,最开心的莫过于有个出众的儿子。问题是,这个三细儿,毕业于有名的师范学堂,在镇上找到了不错的饭碗,却从没见他往家里拿回一文钱,这还不算,自打他捧上饭碗,领到薪水,家里的开销反而更大,越来越大。他要么不回家,只要是回家,没有第二件事，张口就是要钱。

母亲陈氏，每次都是一边抱怨，一边掏钱。如果说，给儿子钱财是出于母爱，那么，从给钱的风格和所给的数量，则可以看出母亲对儿子的纵容。母亲给钱，从来没有三块、八块、十三块、十八块这样的数字，有三块就凑成五块，有十八块就凑成二十块。如果母亲身边恰好是十二块，谢文锦就说："算了，那两块家里留着。"母亲的回答通常是："也好，我反正不用钱，余多余少，还不是都给你留着。"

岩头高小虽说条件简陋，操场却有些不一般，当然，这是针对城市和平原地区而言的。操场是石头地面，有片石，有块石，都是未经加工的，不规则的，也有经过挑选的扁平鹅卵石。在浙南山区，土壤远比石头金贵，所以农家场院、学校操场乃至集镇小广场，地面都铺设石头。

这样的操场，好处明显，坏处也明显。好处自不必言，下雨天不但不泥泞，反而更干净。坏处是坚硬硌人，若是运动员摔倒，很容易受伤。

出乎意料的是，石头操场带给足球队的最大伤害，并非队员跌倒磕破膝盖、擦破肘子，而是价格高昂的洋玩意牛皮足球，一旦碰到山乡低贱的石头，便牛气不再，皮革很容易被石块尖角戳破，缝制皮球的粗线，更经不起石头棱角的刮蹭，还没怎么踢，就断线开裂。

这可怎么办？谢文锦做事向来大手笔，此番一次购进六只足球，外加一管打气筒，眉头也没皱一下。然而，不出十天就踢坏两只外国皮球，还是让他感到震惊，感到心疼。

他又拿出两只球，同时下达指令：不要在操场上踢，到河床上去踢。

这个主意不错，河床上的石头经流水千万年冲刷，没有一块是棱角分明的，都是圆溜溜的，都是鹅卵石，不会戳破蹭烂皮球。河床上还有一个好处十分明显，把石头捡掉之后，地面都是沙子，无论摔跤摔多重，也不会磕破膝盖，擦破肘子。

不过，河床还是有与生俱来、无法改变的坏处，那就是沙粒粗糙，虽说不会刺破足球真皮，但对缝线的摩损作用十分显著。足球运行速度越快，沙粒对缝线的磨损作用就越大。皮球经常断线，几乎每隔几天就要送给皮匠缝制。足球缝制工艺与传统制鞋手艺明显不同，每次经皮匠手之后，足球表面都会留下不平整之处。好在河床不比平整的操场，对足球表面的平整性没有太高要求。只要球不损坏，队员们照样玩得不亦乐乎，争得你死我活。

老话说得好："再好的宝贝不禁修，修三修，赶紧丢。"足球属于皮制品，更是这样，几次三番缝补之后，外形难看就不说了，缝线豁口越来越大，豁进越来越深，每次缝补时都要向里再缩进一点，其结果可以预料，歪瓜裂枣不成形。

谢文锦一共买回六只足球，这一点队员们都知道。没等他拿出最后两只球，孩子们主动提出，不能再用洋皮球了，留着正式场合用。金贯真说得直接："都知道我们学堂有足球，有足球队，要是人家找上门，嘴上说是切磋，其实是比试，能不接招吗？要是连只像样的球都拿不出，那就太丢面子了。"

谢文锦说："什么面子不面子？不说那么远了，正常训练不能少。球破了，再买就是。"

金贯真手下那些年龄稍大的孩子纷纷反对，意见一致：平时训练，根本不需要这么好的球，太浪费了。

谢文锦皱眉说："总不能空脚踢呀，更不能拿石头踢。"

金贯真笑起来："咱又不是金刚，踢不了石头。不过，有一样现成的玩意，吹上气就能踢。"

谢文锦来了兴趣："什么玩意？快说说。"

金贯真说："这东西很容易找到，也很便宜，就是，就是有点骚气。"

半数孩子猜到了答案："哦，猪尿泡！"

谢文锦愣了一下，他当然知道猪尿泡能吹得很大，乡下孩子很少没玩过猪尿泡:"这玩意不牢靠,不经踢,容易破。"

"便宜呀,三文不值二文,破了再找。"好几个孩子说。

第二天,三名队员带着洗干净的猪尿泡来了。散学后,足球队来到河床上,金贯真让手下将猪尿泡吹足气,拿细麻绳扎紧,试着踢了两脚,嘭嘭嘭的,真能当球踢。

谢文锦检查一下这种怪异的球,提出一个建议:放掉一部分气,气太足,一来会飞起太高,不好控制,二来碰到硬物很容易戳破。

这个建议很是内行,队员们采纳了,马上改进。真的训练起来,才发现猪尿泡足球的缺点并非容易破,而是太轻,触脚就飞,初速度很快,但因为重量小,相应的惯性就小,飞出一点距离就停下。这让踢惯了进口足球的队员们一时很难适应,把握不住节奏。不过,球飞不远,给跑速不快的球员带来更多机会,无须长途奔袭就能抢到球,队友、对手容易扎堆混战,这就逼着队友之间学会配合,加大传球密度,增进合作的默契度。也就是说,这骚哄哄、轻飘飘的猪尿泡足球,同样给球员们带来运动的快乐,同时还带来新的收获。

不过,土玩意就是土玩意,到底不能跟洋玩意比实力。半场比赛没踢完,三只土制足球全被踢爆。

金贯真分析说:"气还是太足了,如果球不那么饱,略微有些瘪,就不会被踢破。"

队员说:"咳,气瘪了,它还能飞起来吗?那还踢个什么劲呢?"

谢文锦点头说,这倒是,看来还得想别的办法。转头一看,一队瘦小的队长李得钊,正侧头想心思,眼珠一动不动。谢文锦喊了他一声,他都没听见。直到同伴拿胳膊肘捅他,他才回过神来。

谢文锦笑着问他:"你想到什么好主意了?"

李得钊看看先生,侧头蹙眉认真思考,慢慢说:"不要皮的,不要贵的,要一样重的,还要结实的。"大家听他所说,很有道理,就屏息凝神听下去。

李得钊朝河湾深处的碧水看一眼,补充说:"还要能浮在水上,不会下沉的。"

　　谢文锦知道李得钊的秉性，不爱说话，爱动脑筋。出身贫寒而又聪明过人的孩子，往往都是这样的，敏感，心机重。

　　李得钊继续分析："要像柚子壳那样，踢了不伤脚；还要像椰子壳那样，怎么踢也踢不坏。"

　　大家面面相觑，要这么多条件，还得容易找到，价钱很便宜，世上哪有这样的好事？

　　谢文锦隐隐感觉到，这孩子可能心中已经有谱，只不过怕失败遭嘲笑，暂时不肯说出谜底，按他的脾气，要等到万事俱备，再遇东风，才肯将答案和盘托出。他的答案，十有八九是成品，而且是质量很高的成品。

　　谢文锦看看大家："不着急，大家都想想办法。新玩意没拿出之前，猪尿泡照样用，训练照常进行。"随后他微笑着鼓励李得钊，"你点子多，手又巧，有什么好点子，尽管试着做；需要什么材料，跟金贯真要，也可以对我说。"

　　李得钊没说什么，十分肯定地点头。

　　谢文锦先回学校，接着孩子们也陆续散去。李得钊看一眼金贯真，对方心领神会，跟着他，结伴而行。李得钊没有一句闲言，开口便说："要一个大柚子壳，跟足球一样大，完整无损的。"

　　金贯真说："这个容易。"

　　李得钊接着说："二两麻线，粗一些的。"

　　金贯真拍着胸脯说："这也容易，包在我身上。"

　　李得钊又说了三样材料：一捧竹丝，篾匠刮篾片剩下的就行；一副大号发髻兜，也就是妇女网住脑后发鬏的网罩，要弹性好的，最好是蚕丝的；一两桐油，清漆也可以。

　　天黑之前，两人就搜罗到全部材料，居然一分钱没花，都是店家白送的。金贯真很机灵，专门找有孩子在岩头高小上学的店家，说是谢文锦先生的学生，要给学校做教具。山里人很朴实，听到这样的要求，二话不说，马上奉送。因为柚子壳要完整的，水果店老板亲自动手，挑了一个大小合适的，在瓜蒂部位开了个汤圆大小的洞，按压揉捏好一阵，才把全部果瓤一瓣一瓣掏干净。至于桐油，油漆店老板想得更周到，说不用买了，你把麻绳做的球编好之后，拿来往桐油缸里浸泡半天，效果没得说。

李得钊的麻线足球，操作过程堪称精巧。

先在柚子皮上切出网格，却不切穿，其好处是，一来能顺利网住麻线，不打滑，疏密也有规律，二来麻线球壳成形后，能将柚子皮化整为零取出。等麻线密密麻麻缠成球形，用发髻兜罩住，收紧，给麻线刷桐油。再等桐油干了，麻线外壳胶结在一起，一个浑圆的球体就形成了。接下来，从壳体预留的汤圆大小的开口处下钩子，把柚子皮耐心掏干净。因为有桐油胶结，麻线连为一个整体，不会瘪下去。不过，这样的空心球，不仅禁不住踢，而且重量太轻，不合要求。关键步骤来了，神奇的竹丝登场。竹丝团成许多小球，从开口处塞进去，填满整个球腔。由于竹丝质轻，富有弹性，空隙很多，填得再多也不会超重。全部填满之后，将开口处用麻线缝一下，整个球体就算完工，完全可以当足球踢了。为了耐久，还有一个后续过程不能少，给竹丝防水防潮，将整球过一下桐油。在河床上踢球，如果球体不能防水，无疑是自找麻烦。过桐油还有一样好处，增加强度，防腐。

李得钊研制的麻线竹丝足球，在岩头高小引起轰动。谢文锦和队员们经过试踢，一致称赞：大小合适，轻重合适，尤其难得的是，弹性也合适。

谢文锦对眼前的土制足球仔细研究一番，分析说：最巧妙之处在于填充物，而不在麻线外壳。竹丝小团，堪称神来之笔。如果不是竹丝，换成其他材料，不但弹性得不到保障，而且不可能这么坚韧，球体也不可能这么匀称。如果只图方便，把竹丝团成一大团，大脚猛踢之下，必然变形，一旦变形，球的运行速度、运行轨迹就无法操控，就跟瘪了一半气的猪尿泡那样，踢不出成绩，也踢不出乐趣。

听了谢文锦这番分析,其他孩子都懂了:也就是说,只要保证竹丝小团填进去后,整个球体是圆的,那么,外壳是麻线套还是棉线套,哪怕是现成的渔网,都无所谓。

孩子们如同唐僧取得真经,一个个兴高采烈,回家之后,都亲自动手做足球。 家境较好的人家,懒得一道道缠麻线、棉线,直接用发髻兜,多套几道就是。 最简单的方法,仍是猪尿泡当外壳,先不吹气,也不填竹丝,竹丝会戳破外皮,改填棕榈须或者丝瓜络。 棕榈须不用专门买,到绷子床店铺去捡绳头和棕毛下脚料,同样团成许多小团,把猪尿泡填满,再吹气,吹成圆形,最后用油布缝成保护罩,既能防水,又能防止外层被戳破。 油布即刷过桐油的布料,一般用来做雨伞。 刷过桐油的宣纸则叫油纸,可以用来做花褶伞。 填充棕毛的足球,弹性显然不如填充竹丝的,而且会超重。 若是用丝瓜络当填充物,填充之前,要剪成一个个汤圆大的小块。 丝瓜络弹性不错,但填好之后,整只球重量偏轻。 不过,孩子们并非专业运动员,乐趣在于参与,成就感在于拥有自己的球,管它是偏重还是偏轻。

由于土制足球基本上不花钱,拥有足球的孩子越来越多;加之河床上踢球几乎不会受伤,踊跃参加足球运动的孩子也越来越多。 散学后,节假日,河道每个较大的湾滩上,都是踢球的孩子。 孩子们奔跑高叫,热闹非凡。

足球运动讲究团结协作,更鼓励克敌制胜。 谢文锦专门写下条幅,赠给踢球的学生。 题词只有八个字,简短有力,朗朗上口,读来提气,催人奋发:

戮力同心,狂飙突进。

眼看越来越多的学生成为谢文锦的拥戴者,校园内那些封建遗老又坐不住了。 这回来寻衅的不是上回那位冬烘先生,换了"北烧先生"。

散学时，孩子们相约去河滩踢球，一个个抱着土制足球呼啸而出。北烧先生见了，先是仰天长叹，接着摆出一副痛心疾首的样子，故意不朝谢文锦看，大声说："有辱斯文，斯文扫地！这哪是读书人，分明是一群野人！"

平时，为了学堂的内部团结，谢文锦不跟他们一般见识。再说了，只要对手不公开跳出叫嚣，只是暗地里嘀嘀咕咕，他也没必要咄咄逼人，那样显不出风度和气量。这会儿，既然对手公开挑衅，他没有理由不应战，于是大步走过去，对北烧先生一抱拳："请教。"

对方瞥他一眼，冷冷说道："客气了，谢先生有何见教？"

谢文锦问道："学子读书之余，踢球强身，何错之有？"

那些本已冲出校园的学童，见情形不对，纷纷回转，围拢上来，随时准备支援谢先生。

北烧先生傲然地说："身为读书人，当有读书人的样子。"

谢文锦说："不许读书人锻炼健身，是何道理？难道说，孔圣人有令在前，禁止读书人强身健体？再者，倘若天下读书人只知一味读书，身体羸弱，一旦国难当头，纵使饱读兵书，又怎能上马领兵，救难救国？"

谢文锦这番话，文字虽不多，但句句得力，而且无论是谈文还是论武，都把对手反击之路封堵死了。果然，北烧先生眼珠转了几转，未能及时想出辩驳的话语，只好强词夺理，故意笑道："强身健体就能救难救国？笑话，天大的笑话！"

谢文锦冷笑道："强身健体不能救难救国，难道说，愚忠愚孝能救难救国，抑或是，躺在床榻上抽大烟，能救难救国？"

这一番话，对于北烧先生来说，无疑是锥心挖肝。晚清至民国，上流社会很多人抽大烟，不少文人未能免俗，染上毒瘾，在麻痹自己的同时，伤身败家。北烧先生的祖上中过举人，广有田亩，其祖父、父亲都是一生抽大烟，几乎败光家产。北烧先生年轻时也曾染毒，所幸因家道败落，银两有限，抽的是纯度不高的土烟膏，毒瘾不深。祖父、父亲相继因中毒太深去世后,家中生活难以为继,面临断炊,北烧先生幡然醒悟,戒断毒瘾,开始设馆授书。 废科举、兴学堂风潮中,岩头办起新式学堂,他谋得教员席位,生活温饱有了保障。 不过,对于祖上曾经的繁华,对于那种兼并土地、享有特权的上等人生活,他非常神往,常常陷入久长的回忆和深深的眷恋。

谢文锦并不了解北烧先生的家族史,更不知道他曾经抽过大烟,他那样说,是出于对愚忠愚孝误国、鸦片祸国殃民的愤怒,也是出于驳论的需要。 孰料无意间戳中对手的痛处,让对方羞愤不已。

面红耳赤的北烧先生气得直哆嗦,连连顿足,拂袖而去。

金贯真是岩头本地人,了解北烧先生的底细,忍不住击掌庆贺:"说得好,说得太好了! 你不知道啊谢先生,他阿爷、阿爹,都是抽大烟败家的主。 他本人从前也抽大烟,后来是没钱了,才不抽的。"

谢文锦心里咯噔一下,有些自责:"我不知道这些,要知道这些,就不这样说他了。"

李得钊一向不多言,这会儿却说:"为什么不能说? 我们做的都是见得人的,他们做的都是见不得人的,倒反过来说我们?"

谢文锦看看李得钊,赞赏地说:"你说得有理。 我们强身健体,光明正大,不惧任何人腹诽谩骂。"

出身贫寒的李得钊,对为富不仁者、欺压良善者,向来抱有深深的敌意,而对谢先生这样急公好义、舍家兴学者,则自始至终怀着虔诚的敬仰之情。

3. 浪里遨游

谈及谢文锦的成长,其父谢国广,启蒙老师郑纪恒,还有浙江一师那些名人老师,都是培育者和见证者。 此外,还有一位从未谋面的思想家,对其精神的塑造起着十分重要的作用,这就是鼎鼎大名的梁启超。

在晚清,"康梁"是一个热得发烫的词,指的是两位名人,康有为和梁启超。康有为是梁启超的前辈和老师,"康"排在前面很合理。不过,毛泽东的习惯叫法与世人不同,他总是称"梁康"。也就是说,在毛泽东看来,梁启超的思想重量和学术成就,要大过康有为。

2014年2月21日《新华每日电讯》曾以"《剑桥中国晚清史》中曝光率最高的人"为标题,发文纪念梁启超,作者刘继兴。文章里这样写道:

在学界公认的西方研究中国历史之最高水平的《剑桥中国晚清史》中,梁启超这个名字出现的频率,竟然比任何一位皇帝、权臣都要高,是《剑桥中国晚清史》中曝光率最高的人。

1902年2月8日,梁启超在日本横滨创办《新民丛报》半月刊,此刊物前后历时六年,共出96期,重要文章大都出于梁启超之手。

25岁时就挟戊戌变法之雄风而成为耀眼之政治明星的梁启超,此时正纵横捭阖地驰骋在思想舞台上。梁启超不仅继承和发挥了近代思想解放先驱者冯桂芬、郑观应等的思想,而且突破了戊戌变法时期康有为的思想框架,以《新民丛报》为主要阵地,宣传新思想,传播新观念,介绍新知识,为一批立志改革的青年所倾倒,时有中国百年以来第一时评家之誉。

特别是梁启超所创造的"新民体",被认为是他对中国文化发展的最伟大贡献之一,这种带有"策士文学"风格的"新民体",成为五四以前最受欢迎、模仿者最多的文体,而且有着极其强大的生命力,至今仍有着很大的影响。胡适说:"梁先生的文章……使读者不能不跟着他走,不能不跟着他想!"……

梁启超的思想影响过很多人,弟子也大都很厉害,如率先举起反袁大旗的蔡锷将军,就是梁启超的得意门生之一。年轻时代的毛泽东也对梁启超推崇备至,对梁启超的崇拜远胜于康有为。他习惯上将"康梁变法"说成"梁康变法"。他曾一度取笔名为"学任",他曾解释说这个笔名含有学习梁任公之意。他还学梁启超的"新民体"去写文章,文风活泼,感情充沛,感染力极强。1918年春天,毛泽东和知心好友决定成立一个革新社团的时候,起名叫"新民学会"。这个名称显然是来自他最喜欢的梁启超的《新民说》。……

梁启超还有一位从未谋面的弟子,这就是仰慕者谢文锦。在浙江一师求学时,谢文锦接触到许多进步书刊,其中,梁启超的《新民说》给他以极大震撼。初读梁启超著作,他就有醍醐灌顶之感,许多困扰他多时的疑难问题瞬间冰释。

"民主制度,天下之公理。"

"民弱者国弱,民强者国强。"

"国家之主人为谁?即一国之民是也。"

"变法之本在育人才,人才之兴在开学校。"

联想到自己和在省立十中所受的欺凌,谢文锦深刻地认识到,梁启超的这些话,就是真理。有过这样的经历,他担任岩头高小教员以来的种种善举,就不难理解了。他曾对其最信赖的学生金贯真说过:古人面临民族大义,不惜毁家纾难;而今我为了唤醒民众,不惜毁家兴学。

此外,还有一个客观情况,有必要重申,那就是谢文锦担任教员时,才二十三岁,是一个不折不扣的热血青年,精力旺盛,办事难免冲动,基本上无暇顾及同事和家人的感受。为了他的"兴学"大业,他常常从家里拿出白花花的大洋,无条件用于学校事务,这不仅让某些同事心生误解,认为他好大喜功,嫉妒者干脆直言他沽名钓誉。而家族一方,则常常抱怨他不顾家,吃里扒外。族中长辈甚至送给他六字评语:"点鬼火,偷灯油。"点鬼火,是说他不归家,偶尔回家也呆不住,像鬼火一样片刻就飘走;偷灯油,意思是黑了自家,照亮人家,不但不为宗族做贡献,反而把神案上的灯油偷去给别人。

一腔热血的谢文锦,根本不理会这些。在同事中间,他算是家境不错的,但常年穿棉布和粗布衣衫,几乎没有一件丝绸制品。他自嘲说，带着孩子们打球，再好的衣服也不耐穿。由于他常年从家中拿钱，老母亲和妻子不得不节衣缩食，勤俭持家。有几次他身穿粗布衣服回家，母亲要面子，说了他几句："好歹你也是做先生的人，怎么穿得像抬轿子的苦力？你这样子走出去，不怕人家笑话？"

谢文锦故意说："没钱的人才硬装——外面充胖子，家里盖帐子。三少爷我是有钱人，不用装。"

母亲笑着说："你才是打肿脸充胖子，你算有钱人？你有钱还向阿妈伸手？"

谢文锦一本正经说："阿妈的钱，当然是自家的钱，也是我的钱，这不叫伸手，叫自由支配。"

妻子对谢文锦倒是不敢说什么，但有时也会委婉地表示：难得回家一趟，应该穿得体面些，也好让阿妈高兴些。还有，阿妈叫杀鸡割肉，应该听阿妈的，不要阻拦。

谢文锦随口回了两句："青菜淡饭吃得饱，粗布衣裳遮得牢。"自己一听，琅琅上口，挺有意思。那以后，只要跟家人在一起吃饭，他就常常说这两句。

听他这样说，母亲又好气又好笑，伸出筷子敲他的碗，叮叮作响："说嘴的先生，不要在家里说嘴卖乖！"

寒暑转换，不知不觉，谢文锦已在岩头高小任教八个月。浙南的夏天来得早，山花烂漫，绿树蓊郁，溪水丰沛，鸟鸣啾啾。谢文锦喜欢游泳，希望球队的男生也跟着他去弄潮。他先把想法说给金贯真听，金贯真当即表示拥护。南方的孩子大多自小习得水性，大家在一起游泳，安全不成问题。不过，金贯真有一个小小的忧虑，夏天，大多数男孩都穿着那种能遮住膝盖的大短裤，这种装扮，不适合游泳。一是浸水后缠人，不方便，阻力大；二是布料多是浅色的麻布和棉布，湿了呈半透明状，不雅观。

谢文锦点头说，这倒是，不要紧，能想到办法。略一沉吟，他对金贯真说，把足球队绑腿的松紧带都收上来，夏天了，也用不上。

所谓绑腿松紧带，其实是缝在布里的一圈橡皮筋。其时，宽边橡皮筋还是稀罕物，由谢文锦从城里专门买来。秋冬季，足球队的孩子们都穿着裤脚肥大的长裤，踢球不方面，谢文锦就给每人发了两根绑腿松紧带，上场时套上，勒住裤脚，下场后褪下，很方便。

金贯真让足球队员们回家找出绑腿松紧带，并且叮嘱他们，一定要洗干净再带来。随后他收齐，交给谢文锦。

谢文锦要松紧带干什么？他要给游泳队队员免费裁制游泳裤。谁来缝制呢？当然是他妻子周莲朓。妻子听话，贤惠，勤快，手又巧，最关键的一点是，不收工钱。

这一次，谢文锦回潘坑老家，不但没有伸手要钱，还扛回一捆布。当然，为了节省体力，也为了方便，布匹不是从六十里之外的岩头买回的，而是就近在潘坑临溪街面上买来的。

母亲不在家，走亲戚去了。谢文锦心想，正好，免得老人家唠叨。他把那捆布捧到妻子周莲朓面前，笑着说："劳神你，针线活来了。"

丈夫态度这么好，周莲朓反倒有些不适应，问他，这么多黑布，要做什么。

谢文锦说是做短裤，三十条。周莲朓吃了一惊："三十条？这么多？"

谢文锦说，不难的，说是三十条，其实只有三种尺码，每样做十条，说着，左手垂下来，在大腿外侧，找准中间位置："喏，这么长，遮住大腿的半截。一种是大号的，十条，照我的身板做；一种是稍微小些的，十三四岁的男孩能穿；还有一种最小的，十岁的男孩能穿，都是十条。"又从麂皮旧挎包里掏出许多布圈圈，说是松紧带，缝在短裤腰两侧，不用系裤带。

谢文锦忘了说，这是给学堂游泳队的男孩子做的。他不说，妻子也不问。

贤惠的妻子，此后一言不发，开始裁剪。谢文锦见帮不上忙，便走出来，说是去看看本族长者，走到门口，又回头提醒说，不用等他吃晚饭。

这一晚，周莲胧几乎没能睡个囫囵觉。其实她不必这么赶，谁也没有命令她，从头天晚茶时间到第二天早上，这么短的时间内缝制出三十条短裤。丈夫也并未说，天一亮就要走。然而，对于丈夫"点鬼火"式的探家过程，周莲胧早已习惯。谢文锦总是头天午后归家，第二天早饭后离家。既然丈夫没有特意说明，这次会多待几天，她只能按照惯常思维行事。

果然，天亮后，谢文锦看看桌上捆扎好的包裹，非常满意，对妻子道了声辛苦，匆匆洗漱之后，早饭也没吃，带着三张饼、两只咸鸭蛋和一壶水，匆匆踏上返校的山道。

跟以往一样，周莲胧没有送他走一程的意思，只是默默替他整理行礼，默默地拿这样，递那样，然后，默默看他上路。每次临走前，看着默默无语的妻子，作为读书人，谢文锦也会感到歉意，但是，歉意归歉意，该离去时，他仍会毅然决然离去。

农历四月下旬，浙南的天气已经很热。每天下了学，谢文锦和他的游泳队，都会在楠溪江激流勇进。他还专门给游泳队写了一幅字：

博浪弄潮，把握今朝。

谢文锦长相斯文，但由于常年热衷于户外锻炼，皮肤黑黝黝的。为此族中长者也委婉地劝说过他，大意是，做先生，要有先生的样子，黑不溜秋的，还像个先生吗？谢文锦喜欢与人辩论，即便面对谢家长者，也不肯放弃辩论的机会，当然，出于尊重，他还比较注意措辞。他当时的回答发人深省："外国强盗，洋鬼子，可不因为你长得白，有副先生的样子，就不欺负你。甲午海战，谁会在意东洋鬼子的长相，是白净斯文，还是黑不溜秋？"

既然连谢氏一族的长者都看不惯谢文锦的做派，可以预料，学堂里那些封建遗老是何种心情。冬烘、北烧二位卫道士被谢文锦当众驳斥之后，心怀不甘，一直想找机会打压"政敌"的嚣张气焰，挽回颜面。不过，无论是在学堂，还是在岩头街市，谢文锦的名声很响，威信很高。他舍家兴学的义举，常引起街谈巷议。要找他麻烦，还真不容易。

而这回，谢文锦公然带着几十个学生，招摇过市，赤膊上阵，结队戏水，卫道士们自认为抓到了把柄，摩拳擦掌，一场论辩在所难免。

北烧先生上次被击中要害，受伤太深，至今心有余悸，不敢当面挑衅，只能鼓动冬烘先生出面。这天散学，眼看着游泳队的孩子在校门外集结，他对冬烘先生说："你老德高望重，难道就眼睁睁看着这小子败坏风气，玷辱师道？"

冬烘先生旧学底子深厚，但脾气暴躁，经不起挑唆，果然一说就坐不住，当即拍案而起，急匆匆走向大门口。谢文锦正好也出去，两人碰上，冬烘先生怒气冲冲叫道："谢文锦，你成何体统，成何体统！简直是伤风败俗！"

谢文锦见来者不善，心中已有了对策，不紧不慢地问他："怪哉！我们长衣长裤，怎么就伤风败俗了？真可谓欲加之罪，何患无辞。"

的确，谢文锦和他的游泳队，此刻都是长衣长裤，眼下还没到盛夏，早晨山间较凉，孩子们还不习惯穿短衫。谢文锦让妻子缝制的几十条短裤，自己留下两条，其他都分给了游泳队员。游泳队一旦有活动，他就让金贯真、李得钊通知孩子们，早上出门前，先把黑布泳裤穿在长裤里面，这样，下江游泳才方便，每次派一个队员在岸上，看住上装和长裤就行。

冬烘先生说："你是堂堂教员，居然带着学子野外戏水，赤身露体，成何体统，当真是有伤风化。"

谢文锦居然笑了："我看你也是个有学问的人，怎么连孔圣人一同骂了？"

冬烘先生一愣："一派胡言！血口喷人！我何曾骂圣人？"

谢文锦大声吟诵起来："《论语·先进篇·二十六》，'暮春者，春服既成，冠者五六人，童子六七人，浴乎沂，风乎舞雩，咏而归。'夫子喟然叹曰：'吾与点也！'"他两眼直视冬烘先生，口气变得咄咄逼人，"这段经典文字，你不敢说不知道吧？ 讲的是谁？ 了不起的曾皙和神圣的孔夫子！ 先贤曾皙、圣人孔子都热切向往在沂水中沐浴，你敢说孔子、曾皙伤风败俗？"

冬烘先生没料到对手唱这一出，拿孔圣人来压制他，当即目瞪口呆，毫无应对之策，最后只能强词夺理："孔子是至圣先师，你一个小学教员，居然敢与圣人相比。 作为教员，你不务正业，轻重倒置！ 学堂，教员当以教学为第一要务，学子当以求学为第一要务，你整天带着这帮野孩子打球、下河，能教出什么？ 他们能学到什么？"

谢文锦反驳道："古有文武兼修，今有体德智兼顾。 游泳乃体育正规项目，博浪弄潮，强身健体，这也是正道。 倘若一味死读书，个个都是文弱书生，洋鬼子打来了，我们怎能不落败？"

冬烘先生好像抓住了对手破绽，提高音量说："我方落败，不是因为死读书，而是因为敌方船坚炮利。 试问，博浪弄潮，强身健体，就能造出坚船利炮？"

谢文锦不慌不忙回答："诚然，博浪弄潮者，不一定能造出坚船利炮，然而，操持坚船利炮者，必得博浪弄潮之人。 我倒要请教，你如何能肯定，博浪弄潮者，必定造不出坚船利炮？ 难道说，你们这些满口'之乎者也'的书呆子，一心想着'文死谏'的愚忠者，能造出坚船利炮？"

金贯真一干学子，因为被冬烘先生斥为野孩子，心中很是气愤，这会儿终于忍不住，一个个起哄说："冬烘先生造大炮，说出不怕外人笑！"

"冬烘先生本事大，能说'之乎者也'，又能造铁甲大船。"

"还造船呢，晕船！"

"对呀，上去晕船，掉下呛水！"……

冬烘先生气得胡子乱抖，一迭声说："反了反了反了！"转身朝校内疾走，"我要找校长！有他无我，有我无他！留他不留我，留我不留他！"

看着他慌不择路的样子，孩子们哄堂大笑。

4. 胸中乾坤

有关游泳的论辩发生之后，岩头高小教员之间新学、旧学两派之争，无法回避地搬上了台面。

本来，民国前期的高等小学，办学思维和教材教法都是混乱的。在当时历史条件下，这样的现状不会被世人视为怪事。虽说从洋务运动（1861—1894）开始，不少上层人物就极力鼓吹废科举、兴学堂，作为现代教育标杆的京师大学堂，也于1898年创办，但清政府真正下令废除科举，则是1905年的事。科举作为一项制度是被废除了，然而，作为一项绵延一千三百余年的完整教育体系，其惯性之大，影响之大，超出一般人想象。这是因为，留过洋、见识过西方民主制度的知识精英毕竟是极少数，在民间，话语权仍然被旧势力掌控。民间上层人物大多读过书，可惜的是，他们接触的是旧学，所读之书无非是四书五经；取得秀才、举人功名的读书人，更是科举制度的受益者。别的不说，以不拿俸禄、不能做官的秀才来说，只要是顶着秀才这个光环，那么，其办蒙馆，开私塾，不但招收学生毫不费力，而且束脩（学费）要比一般私塾高出很多。这种现象，一直延续到二十世纪三四十年代。

山乡办起高等小学，把原先上私塾的学童招收进来，换个地方上课，这不难。难处在于，师范学校毕业的新式教员太少，多数小学，只能把原本散布于各地的私塾先生找来担任教员。

在《江苏省志·大事记1926》"10月"条目下，有这样一段文字，能够佐证民国时期私塾多、新学少，旧式教员多、新式教员少的实情：

芮良恭在《中华教育界》发表《私塾问题》一文。作者认为：私塾数量很大，仅南京有五百四十所，学生一万多人。而小学只有四十六所，学生五千余人，"难以取缔"，"应从实际改良私塾，以济学校之穷，亦有助义务教育之推行"。并提出要从"举办塾师补习学校，塾师养成所，塾师讲习会，改订课程，添置设备，巡回指导等方面入手，改良私塾"。

谢文锦到小学当教员，比这篇文章的发表时间还早九年，其时师范毕业的教员更少，学堂里的多数教员，都是以前的私塾先生。这一来，戏剧性就出现了：一辈子读四书五经的私塾先生，摇身一变，成了新学堂的教员，但是，他们只能教国文，其他科目都不行。平时算账没有太大问题，让他们教算术，显然力不从心；至于教体育、美术、音乐，简直无从下手；英文对他们来说，无异于天书。这还不是有害的，毕竟他们国学底子深厚，教授文言文能发挥长处。麻烦的是，他们内心很不服，常常心怀怨气。

一个人心中有怨气，注定是看什么都不顺眼，对新生事物尤其反感。

小学生活泼好动，喜欢围着思想活跃、热衷运动的年轻教员转，这很正常。相比于深奥的古文，到处是典故的唐诗宋词，小学生喜欢文字晓畅、思想先进的新式课本，也很正常。至于喜欢音乐、体育乃至能满足好奇心的英文，更是正常不过。这看似正常的现象，在旧式教员看来，实乃大大的不正常。

终于，以冬烘、西烤、南炖、北烧四大孝子为代表的旧式教员，向校长李鸿初摊牌：倘若不解聘谢文锦，他们就集体辞职。

李鸿初也是旧式教员，饱读四书五经，人品并不坏，但限于眼界，对新学一向抱有成见。不过，为了学堂的正常运转，他表面上不得不持中立态度，对旧学、新学平等看待，尽量不招惹麻烦，偶遇风波，也总是充当老好人角色，从中调停，只求息事宁人。一方面，学校缺教员，私塾先生还得用；另一方面，提倡新学，是国家的大计，反对不得。

旧派这边,"逐谢"计划尚在酝酿,新派那边,早已得到消息。教员周庆书,自小接受的是旧式教育,并未受新学培训,不过,担任教员后,阅读了不少进步书刊,对世界潮流的大致走向,有了正确的判断。同时,谢文锦带给学堂的新气象有目共睹,真的是欣欣向荣。别的不说,孩子之间能平等相处,不因贫富差距产生隔阂,就是了不起的成就。穿戴体面的富孩子,和穿着肥大旧衣衫的穷孩子,参加乒乓球队、足球队、游泳队、合唱队,一个个精神饱满,心无杂念。"坐庄"打乒乓球,富孩子输了,穷孩子嘻嘻哈哈请他"滚下来"。穷孩子唱歌唱得好,富孩子心甘情愿推举他担任领唱。所有这些,都让人感到,时代真的在进步。更何况,周庆书认为,在兴学堂方面,谢文锦无私无畏,同样有目共睹,同样值得敬佩。无私,指的是舍家兴教,慷慨捐助;无畏,指的是心有主见,毫不退缩。

鉴于这些原因,周庆书不能容忍旧学复辟,不能眼睁睁看着旧派老先生威胁李校长,驱逐谢文锦。

周庆书让学生李立敬传话给学生头头金贯真:老夫子要生事,谢先生可能要被驱逐。

金贯真一听,眼中冒火,这还了得?得马上采取行动。因为当时还未散学,金贯真一面利用课间休息时间联络学生,同时写了三张纸条。一张传给谢文锦:"四大孝子誓复古,先生尽快想对策。"另外两张传给最得力的伙伴李得钊和陈瑞兰,内容是:"四大孝子要赶走谢先生,散学不能走。"

谢文锦接到纸条,展开一看,居然笑了。其实,根据这两天校园内有关人员的种种可疑迹象,他已作出判断,卫道士们按捺不住,要跳出来反扑了。

李得钊看到纸条所写内容,肺都要气炸了:这些大清王朝的孝子贤孙,心肠真坏,是不是全天下的穷孩子都上不起学,安心做牛做马,他们才称心?不行,不能让他们阴谋得逞。

陈瑞兰读了字条,同样吓了一跳:糟了! 这些酸老头,是不是要恢复旧学,开口之乎者也,闭口忠孝仁义? 体育、音乐、美术一刀砍了,足球、乒乓球全面禁止? 那还不把人憋死。 不行,赶紧联合起来,维护谢先生。

散晚学前,校长李鸿初让手下通知全体教员,放学后不要走,在小礼堂开会。 小礼堂,其实是一间稍微宽大些的教室。

这一边,金贯真、李得钊、陈瑞兰、李立敬,也分头通知学生,散学后不要回去,在乒乓球台边集合。

小礼堂内,因半数教员不知何事开会,不免要窃窃私语,简单交流后,渐渐安静下来。 李校长走到黑板前,面朝大家,开门见山地说:"今日有件要事,请诸位商量决断。"室内鸦雀无声。 李鸿初朝右前方一指:"冬来先生等几位,说是有大事陈述。 冬来先生,请。"冬来,是冬烘先生的字。

冬烘先生也不客气,用力站起,右手划拉一圈,大声说道:"我等共同提议,驱逐谢文锦。"

李鸿初询问:"冬来先生所说的'我等',是哪几位?"其实,不问也知道。 靠北墙坐的,全是旧派教员;靠南墙坐的,是谢文锦一干新派教员;中间派的,只好坐在中间。

冬烘先生右手第二次画圈:"这边,这几位。"

李鸿初又问:"诸位要驱逐文锦先生,缘于何种理由?"

很显然,冬烘先生已策划多时,此番出头,一副胸有成竹、志在必得的样子:"他离经叛道,无君无父,误人子弟。 长此以往,岩头学堂早晚要成为绿营,那帮野孩子,早晚要成为草寇!"

李鸿初咳嗽一声,低头思考措辞,他并不想得罪谢文锦。 他说:"文锦先生,对于冬来先生的论见,你有何见解?"

谢文锦站起身来,背靠南墙,面朝大家,侃侃而谈:"冬来先生的高见,文锦不敢苟同。 现逐一答复如下。"

自从接到学生传来的纸条,谢文锦就开始揣测,对手攻击自己的理由是什么，自己该怎样批驳。 从那时开始，他就在打腹稿。 既然是有备而来，他的讲话脉络清楚，要言不烦，观点鲜明，批驳有力：

其一，冬来先生所说的离经叛道，在文锦看来，恰恰乃正道。 道理很简单，世事会变迁，朝代会更迭，风俗会演变。 世人若是只奉一部"经"，只走一条"道"，那么，我们还应生活在刀耕火种、茹毛饮血的时代。 夏朝人若是只走一条道，那就没有商朝，商朝人若是只走一条道，那就没有周朝。 同样地，接下来就不会有秦汉晋隋，也不会有唐宋元明清，更不会有我中华民国。 纵观五千年，放眼九万里，可知离经叛道，方为正道。

其二，冬来先生斥责文锦无君无父，在文锦看来，简直是谬言悖论。 忠君，不能一成不变；无君，也不能无法无天。 忠君、无君，相生相克，自古如此。 忠于明君，则对百姓有大益；忠于昏君，则对百姓有大害。 试想，如果天下臣民都忠于商纣王，那会发生多少惨绝人寰、令人发指的灾难？ 倘若周武王姬发矢志忠君，就不会替天行道，诛灭残暴的商纣王。 没有周武王的"无君"之举，哪来周朝八百年江山？ 至今令尔等顶礼膜拜的周礼，又从何而来？ 刘邦是秦朝的子民，然而，不是他的"无君"之举，大汉王朝从何而来？ 汉族之名从何而来？ 冬来先生指责文锦无父，多次斥我不孝。 想来是冬来先生未能弄清孝之大义。 试想，大禹治水，漂泊经年，三过家门而不入，根本无法孝敬父母，然而，你能说大禹忤逆不孝吗？ 刘邦斩蛇举义之时，父母高堂健在，他何尝能晨昏定省，侍奉左右？ 你能说汉高祖忤逆不孝吗？

其三，冬来先生直言，若有文锦在，岩头学堂必将成为绿营，学生必将成为盗寇。 在文锦看来，此言荒诞之极，恶毒之极。 学生生龙活虎，思想新进，此乃国之大幸。 大清国之所以逢洋必败，除武备兵器落后之外，关键之处在于，国人被朝廷、官府、贵人欺压奴役太久，早已习惯于服从、顺从，锐志全无，如同羔羊。 羔羊遇虎，岂能获胜？ 更何况，上层腐败之极，羔羊迷失方向，如此国家，如此军备，如此民众,怎能与列强争雄? 学生热衷体育健身,此亦国之大幸。 洋人鸦片毒害国人多年,国人体质羸弱,是不争之事实。 此前,洋人称病人膏肓的大清为"老大帝国",称国人为"东亚病夫",种种歧视,皆因大清国力孱弱,皆因我国民众体质羸弱,精神萎靡。 而今岩头学堂,学子每日健体,活力非凡,每遇赛事争先恐后,此乃精神焕发、身体强健之喜兆,该惊恐担忧的是亡我之心不死的洋人,冬来先生几位,以忠君爱国自居,怎可与歹毒的洋鬼子一门心思? 此间玄机,文锦百思不得其解。

谢文锦的这番宏论,不仅让冬烘先生之流哑口无言,也让校长李鸿初心惊拜服。 更让李鸿初心惊的是,门外、窗外,聚集起越来越多的学生,把小礼堂围得水泄不通。 原来,金贯真、李得钊、陈瑞兰、李立敬带领的一大帮学生,在乒乓球台附近集结后,因怀有心思,全无打球兴趣,因此校园里很是安静。 夏天,小礼堂门窗都开着,谢文锦演讲时,越说越激动,声音越来越大,一声一声,清晰地传到操场。学生们听得入神,不由自主向小礼堂靠拢,最后全部聚齐。

啪啪啪,有人鼓掌,是教员周庆书。 接着,鼓掌的人越来越多。加上窗外的金贯真的鼓动,最后,掌声如雷,经久不息。

冬烘先生之流,个个满脸通红,低头不语。

好不容易,掌声停了。 学生头目金贯真,额头抵住窗棂,大声宣布:"如果谢先生离开,我们都离开。"

"对,要走一起走,我们全走掉!"同学们齐声高喊。 这宣言,简直让校长李鸿初心惊肉跳。

金贯真继续说:"找座古庙,找个祠堂,谢先生领着我们,办个新学堂。"

"对,办个新学堂!"同学们又高喊。

听到这里,博学的旧式文人李鸿初,终于痛下决心,拿定主张,不再心惊肉跳。 沉默一番,他宣布一条惊人决定:他不再担任校长,推举谢文锦担任校长。

雷鸣般的掌声再次响起,在山乡小学的上空久久回荡。

就这样,毕业不到九个月的谢文锦,正式担任岩头高小校长。这一年,他二十四岁。

大获全胜的谢文锦,挥毫写下两幅字,赠给学生们。一幅是:

离经叛道,方为正道。

另一幅是:

标新立异,挽回生机。

第二章
锦心妙笔

1. 山道弯弯

人生百年，立于幼学。这是思想家梁启超的著名论断，民国时期广为人知。梁启超认为，孩童的启蒙期非常重要，影响着人生走向，预示着人生成就。

民国时期，是中国新式教育勃兴的起点。

谢文锦读书上学的时间很长，他的生命最终定格在三十三岁，而他的求学期，居然长达十七年，还不包括在上海外国语学社学习的大半年，和在苏联留学的两年。那两年半，应该算在他的革命历程里。

山道弯弯，起伏绵延。苍山蜿蜒，窄窄的山道宛如一根褐色山藤，时而现身，时而隐藏。只不过，这根藤条太长了，一头连着潘坑，一头连着岩头，延展开来，有六十华里。

潘坑是个清幽宁静的村落，岩头是座热闹繁华的集镇。

六岁半的孩童谢用绣，坐在软兜里，一路被人抬着。谢用绣来自潘坑，眼下，他要到岩头去读书。

这是大清光绪二十六年，即公元1900年，国家如同是积贫积弱、苟延残喘的迟暮巨人，山民仿佛是含辛茹苦、劳作不辍的蒙眼工蚁。山里人家的孩子能够坐进蒙馆读书，机会微乎其微。这之前，幼小的谢用绣对能够进入书塾读书，既充满了自豪，又热切向往。听说他要去镇上读书，那些打小就跟他一道赤着脚上树掏鸟蛋、光屁股下河打水仗的伙伴们，哪个不是羡慕得要命，眼热得冒火？

软兜又叫绳兜，其实就是个大网兜，系于双杠一样的平行毛竹杆，抬在两个轿夫的肩上。谢用绣身子很轻，不过三十来斤，加上为数不多的换洗衣物，也不过四十来斤的样子。身手矫健的轿夫，步履轻松，脚下生风，简直是一路小跑。

谢用绣一身青色土布衣衫，蜷缩在软兜里，晃晃悠悠，荡来荡去。山道如褐色山藤，他就成了山藤上一枚小小的青果。

这枚幼小的青果，离家乡越来越远。浙南山区，羊肠小道都差不多，山路边的景致也差不多。不过，在谢用绣稚嫩的眼中，两旁景色还是越来越陌生。原先对读书识字的向往，逐渐变成对离别父母、远离家山的怅然和恐惧。

"阿爸，岩头远吗？"

谢用绣的父亲谢国广，此刻就在儿子身旁，因为急着赶路，额头上一层汗。他低头笑着对儿子说："不远，照这阵势，半天就到了，中饭都不会太晚。"他转头问轿夫，"是吧，师傅？"

"中饭稍微晚些，不算什么。"后面那个轿夫说。

"不远的，中途只需歇一脚。"前面那个轿夫也说。

"阿爸，为什么要去岩头？"谢用绣又问。

"傻孩子，这还用问，去读书呀。"谢国广猜得出儿子此刻的心情，故意语调轻松地说，"你不是喜欢读书吗？"

"远咧，那么远。"谢用绣低声说。

"不远没有好书房。"谢国广语气坚定，"要想做个有用的人，必得上好书房。我们那里，没有好书房，没有岩头那样的。"

谢用绣问父亲："什么才是有用的人？阿爸是吗？阿爸很有用，能给人抓药，给人看病。"

谢国广苦笑着摇头："阿爸哪算有用。"

在潘坑，谢国广算得上殷实户，是一家铁铺的东家，有一座小型冶铁炉。平时谢国广并不过问铁铺的大小事务。铁铺主要打制农器具，属于山民的必需品，常年不愁生意；再有就是石匠用的铁锤、钢钎，这类铁器需要定制，客户也相对固定。每年农历八月十四，也就是中秋节前一天的晚上，谢国广会请铁铺掌柜喝杯酒。铁铺掌柜则需向东家汇报大半年以来铺子运营情况，收益多少，只谈大致数字，而且是空口白话，无须核对账目。岁末年终，铁铺掌柜则需夹上全年账册，与东家谢国广一坐半天也不起身，核账，算账，缴钱。当然，如果平日有急用，谢国广可以先到铁铺拿钱，随到随支，记清账目，拿钱走人，不在话下。

谢国广的主要精力，都放在他家的中药铺上。除了药材采购不是他，坐堂行医，看病抓药，记账关账，他一个人包了，生意不错，开支却很有限。

谢国广算不上名医，也谈不上满腹文章，他只读过六年私塾，没有进学，即未能考中秀才，切脉学医也并非师出名门。谢家中药铺生意不错，主要原因是此地闭塞，离市镇太远，周边山民有个头痛脑热、咳嗽哮喘、痢疾腹泻，只能就近看病抓药。当然，药铺生意好，还有一个重要原因，那就是谢国广为人诚恳，勤勉而又谦恭。

"阿爸没用？阿爸就是有用。"谢用绣大声说。

两个轿夫忍不住齐声笑起来。一个说:"就是,你阿爸有用。"

另一个说:"怎么不是? 你阿爸有大用,治病救命,用场大着呢。"

谢国广也笑了:"什么大用? 我能派上大用场? 小用,只能算小用。"

谢用绣看着父亲,专注地问道:"哪个人有大用?"

谢国广略一思索,答道:"大禹。"

"大禹治水?"

"对的,就是治水的大禹。"

这几年来,谢家中药铺里,除了老板、掌柜、大夫、伙计一肩挑的谢国广,每天值守的还有一个,谢家三儿子谢用绣。

谁都知道,作为药铺,一年三百六十五天,不论寒暑,不分日夜,都得有人值守。梅子黄时雨,朔风吹断门,这两个时节药铺生意尤其清淡,没有主顾上门的日子,谢国广便给儿子讲故事,教儿子识字。

谢用绣一岁半学会说话,两岁时语言表达流畅,母亲陈氏便把他丢在中药铺,自己好腾出手来干家务,做针线活。首次正式进驻药店,因为谢用绣个子太矮,坐在椅子上够不着台面,母亲陈氏把他放在其父坐堂行医的八仙桌上,屁股坐在一本中医典籍上。结果,谢国广大为恼怒,骂了妻子一顿。陈氏并非有意为之,当然感到委屈,免不了要争辩。

谢国广大声斥责:"亵渎祖师,玷污古书,你这样当阿妈,到底要培养出什么样的儿子?"

陈氏幡然醒悟,马上认错,随即抱着儿子,急急忙忙赶去一家竹匠铺,请师傅专门制作竹椅,要求有两个:一是要高,能够得着八仙桌;二是要带围栏,免得孩子掉下来。

竹匠很聪明,主动提出第三个要求:要能升降,孩子一年比一年高,椅子太高,孩子读书写字只能长时间趴着,天长日久,会养成弓腰驼背的坏习惯。

升降？ 陈氏满腹狐疑，她还从没听说，廉价的竹椅，还能升降。

竹匠笑着解释："椅子嘛，就做普通竹椅，用料讲究些、做工细致些就行了，再装个能拆卸的栏杆。 另外，加做几个毛竹凉枕，每个拳头高，眼下全部垫上，细儿坐上，准能够得着台面。 隔几年拿掉一个，隔几年拿掉一个，等全部拿掉，细儿也就长高了。"

从此，谢用绣有了一张专座。 每当有人来看病抓药，他就安静地坐在竹椅上，看着父亲给人把脉看病，用毛笔写药方，称药包扎，打算盘算账，收钱，送客，记账。 生意冷清的日子，同样在这张竹椅上，他专心听父亲谈古、述史、讲故事，看着父亲工整地写字，教他认读。

中饭前，午休后，则是谢用绣的自由活动时间，跟其他山里孩子一样，上山下河，爬树挖坑，四处撒欢，无忧无虑。 旧时，每天的这两个时间段，不会干农活的山里孩子，一般都采取这种"放养"的方式。 中饭前，午休后，这两个时间点选得很好。 因为孩子总是饿得很快，一味疯玩只会饿得更快，饿了自然会回家，无须家长费心找寻。

这种生活，从一岁半到六岁半（山里人讲虚岁，说成七岁），谢用绣都是这么过的。 因此，从两岁开始，谢用绣就开始识字了；五六岁时，已识得许多字。

"大禹有用，大禹治水。"谢用绣先是点头，随后就提出一个疑问，"大禹读了很多书，才去治水的吗？ 不读书，一样可以挖山、挖河的呀。"

谢国广愣了一下，脑子转了转，马上找到了答词："大禹当然也读书。 不过那时还没有书房，不叫读书，叫学知识。 没有知识，水平不高，哪里治得了大水？"

"治不了？"

"治不了！"谢国广坚定地说，"你想啊，大禹要治的是全国的水，不是我们家门前的潘坑溪。 想想看，要治我们的潘坑溪，总得知道它从哪里来，往哪里去，哪里太高，挡着水了，哪里太低，水太深了，容易受淹。 是不是这样？"

谢用绣点点头。前面那个轿夫也说:"还真是呢,先得心中有数,办事才会有数。"

谢国广接着说,大禹管的是全国的水,他得知道,哪里高山挡水了,哪里洼地受淹了,黄河常常在哪里决口,问题到底出在哪里。当然,他也要常年在外,当面查看。

这个典故谢用绣是知道的,于是大声说:"大禹治水,三过家门而不入。"

"是的,"谢国广说,"不过,在这之前,他就得知道,全国大江大河有多少,都流向哪里。哪里水太多,人家常受淹,不得不逃荒;哪里水太少,人家种不了地,打不来粮食,不得不要饭。"

谢用绣相信了,又问:"还有谁有用?"

"还有楚霸王,"谢国广说,"楚霸王项羽。"

"我知道,他力气很大很大,能扛起大鼎。"

"不光是力气大,光是力气大,那没有多大用场。"谢国广循循善诱,"还得多读书,要有水平。"

谢用绣的内心,不免有小小的怀疑:"楚霸王也爱读书?"

"他到底爱不爱读书,是真爱读书,还是假爱读书,这个说不好,太古老了,老古先人的事,说不大清。不过,他的确读过不少书。要想有用,有大用,那就必须读书,多读书。"眼下,谢国广的首要任务是让儿子安心离家读书,谈到有关读书的话题,自然是兴致勃勃,滔滔不绝,"楚霸王小时候力气就很大,但他自己也知道,光是力气大是没什么用的。水牛、黄牛,力气大不大?还不是一样被人鞭打着耕田拉磨。项羽有个阿叔叫项梁,项梁让项羽学武功,主要是学剑法。项羽不好好学,功夫不到家。叔叔就骂他。项羽说,剑只不过是一人敌,每次只能打败一个人,不值得学,要学就学万人敌。"

"万人敌?打得过一万人?"谢用绣两眼圆睁,"真有这么大本事?"

谢国广笑着摇头:"两只拳头两条腿,当然打不过一万人。"

"就是，"谢用绣说，"谁也没有那样的本事，除非是神仙菩萨。"

"那是。不要说是一万人、一千人、一百人了，一个人，两只拳头，打十个人都非常困难。"谢国广可不想跑题，"要想当万人敌，大将军，还是要靠读书，多读兵书。"

谢用绣问："兵书？什么兵书？"

不等谢国广解释，前面那个轿夫抢着回答："就是带兵打仗的书。"

"对，"谢国广说，"领兵打仗，排兵布阵，靠的不是力气大，靠的是水平。兵书上，各种各样的阵式都有，怎么保护自己，怎么攻打敌人，全都有。"

山道弯弯，路途遥远，谢国广有的是时间，一路向三儿子谢用绣灌输读书的重要性。谢国广的意图再明显不过：小子，你就是我家的希望，眼下，让你埋头读书，是我们谢氏家族的使命。

二十世纪八十年代开始，各地党史研究开始走上正轨，出版了不少研究成果汇编。在《浙南革命烈士传》《师生英烈耀千秋》《永嘉英烈传略》等书籍中，都说谢文锦（年幼时名为谢用绣）烈士出生于农民家庭。之所以这样说，大概是为了显示烈士"根正苗红"，其家世与反动腐朽的剥削阶级毫不沾边。

然而，身处二十一世纪的我们，本着公正客观的历史观，凭着有一说一的态度，如果再说谢文锦生于山民家庭，显然是不负责的，也没有必要。英雄不问来路，奴隶、雇农、贫农、工人家庭能出英雄，贵族、资本家、作坊主、地主家庭也能出英雄。一个人能否成为英雄，主要不看其人生出处，关键要看人生追求和人生走向。

无论是查阅谢家族谱，还是考证谢国广夫妇及其子女从业情况，都不能得出谢文锦出身农民家庭的结论。解放后定阶级成分，谢文锦遗孀被划为地主。这样对待革命烈士家属，当然是错误的。不过，这段历史恰好能证明，谢文锦生于富裕家庭。

据谢氏宗谱记载，浙江谢氏的远祖是南北朝大诗人、山水诗奠基者谢灵运;永嘉谢氏始迁祖谢敷经,为南宋乾道八年(1172年)进士。 永嘉谢氏一族,可谓源远流长。 如果说这样的追根溯源太过久远,远祖足迹已模糊不清,历史真相也缥缈难辨,不能说明实质问题,那么,可以从谢文锦的高祖说起。

高祖谢钦仓,登仕郎。

曾祖谢思良(1816—1888),太学生。

祖父谢君才(1837—?),贡生。

父亲谢国广,字鸿豪,乡民都叫他鸿豪相。 相,指相公,温州地区叫阿相,是对财主的尊称。

也就是说,从高祖到祖父这三代,谢文锦的祖上都是不折不扣的读书人;其父谢国广,则是乡民眼中的有钱人,财主。

在人口众多的清朝,在土地资源极为有限的永嘉山区,能把读书人供成登仕郎、太学生、贡生,那是很不容易的。 然而,从登仕郎、太学生、贡生这样的排列,可以得出这样的结论:虽说世代读书,诗礼传家,但这三代人求学的进展都不顺利,都没能考中举人,身份都是秀才。

清朝登仕郎是九品官,比起七品芝麻官,还矮了四级;而且,不少人虽被授予登仕郎,只不过是虚职,并没有具体岗位。

太学,明清两代国子监的俗称。 国子监是古代最高学府与教育行政管理机构,太学生就是指在太学读书的生员,亦是最高级的生员(秀才)。

贡生,意指以人才贡给朝廷,本指府、州、县生员中成绩优异而升入国子监的读书人。 不过,贡生的成分比较复杂,通常情况下,贡生不能等同于太学生。 这是因为,清代贡生有恩贡、拔贡、副贡、岁贡、优贡和例贡之分。 其中,例贡不经过考选,而由生员援例捐纳,故称例贡,也就是说,其名号是花钱买来的。 谢氏宗谱上只说谢君才是贡生,并未点明是优贡还是例贡,但根据其父谢思良身份为太学生可推知,如果君才是例贡以上的贡生,宗谱上应当视为荣耀,一定会白纸黑字明确记载。笼统地称其为"贡生",恰恰说明这身份极有可能是花钱捐来的。

这样的家世,留给谢家人的不是荣耀,而是尴尬:三代读书人,身份分别是登仕郎、太学生和例贡。在谢家人看来,现实无可回避,诗礼之家正逐渐式微;在外人看来,现状非常明显,谢家属于"钱袋、粮袋、空口袋,一代不如一代"。

谢国广(1861—1908),贡生谢君才的长子。谢君才二十四岁生下国广。谢国广六周岁进私塾读书。可以想象,谢君才对儿子寄予怎样的厚望,最大心愿就是,儿子日后能光宗耀祖,完成谢氏三代读书人未竟之大业。然而,事与愿违,不出半年谢君才就看出,儿子国广不是读书的料,别说指望他中举光宗耀祖了,只怕进学成秀才也希望渺茫。

谢国广从小性子安静,为人老实。进私塾没几天,先生就说他稳重诚恳,坐得住,不偷懒,可谓少年老成。按理说,这样的孩子很适宜读书求学问。不过,其父谢君才却隐隐感到不安,担心自己的猜测会变成现实。

原来,谢国广诞生至长到六岁,谢君才也没少教育他,开发他,观察他。熟话说,"三岁看八十",三周岁,谢国广敦厚的性子就显露无疑,从不说谎,也不喜欢跟别的孩子打闹,且办事认真。

比方说,春节前让他拣干果,把饱满的挑出来放到青花大瓷盘里,留着过年招待客人。只要父母跟他郑重交代一下,"过年要摆在正堂里的",他就会格外认真细致,一颗一颗挑选。换了别的孩子,才不管这么多,别说过年招待客人,就算是接待神仙菩萨、玉皇大帝,也只有五分钟热度。片刻之后,对不起,管你王母娘娘还是观音菩萨,小哥不陪你了,玩儿去了。还有一类孩子,坐得住,但做事不细致,只图数量不顾质量。

很显然,谢国广是个异数。他不但坐得住,做事还讲认真,让他挑饱满的,他就只选饱满好看的,有些干果个头虽大,色泽黯淡、外形干瘪，他也明白，这些不能入选。

第一次，谢国广把干果分得清清楚楚，青花大瓷盘里都是光鲜饱满个头大的，竹匾里都是不好看的。小孩子的成就，无一例外需要父母肯定，于是，三岁的谢国广跑去喊父亲来看。当时，其父谢君才的确既感到惊讶，又感到欣喜。他想，我老谢家世代书香，科举上却举步维艰，如今老天开眼，总算出了这么个坚韧的孩子。良苗既已出土，只要悉心栽培，假以时日，何愁不出栋梁？不要说秀才、举人，就算黄榜中进士，也不是没有可能。

于是，从那以后，谢君才开始教儿子吟诵唐诗名篇。不久他便发现，儿子记性并不出众，好在耐得住性子，记住唐诗名篇倒也不难。再以后，谢君才开始教儿子认字、写字。

就是从认字、写字开始，谢君才隐隐感到，儿子不够聪明，悟性一般。

汉字其实有规律可循，四岁的儿子识字数百，却始终分不清其中最简单的规律——找准偏旁部首。比如，他能准确读出"桂""柿""梅""桃""杨""柳"。可是，当父亲问他，这些字有什么共同点时，他惊讶地瞪大眼睛看父亲，不明白他问的是什么。父亲只好挑明了问他："你看看，这些字像不像兄弟姊妹？你看，它们的模样，其实挺相似的呀。"谢国广听了，更为惊讶，仔细看眼前这些被父亲说成"兄弟姊妹"的字。问题是，在他看来，这些字显然是不同的，也并不相似。谢君才只好耐着性子，指着最上边那个字的左半边，问儿子这是什么字。谢国广眨巴着眼睛，小半天才说："像个'木'字。"

谢君才啼笑皆非："像个'木'？本来就是'木'字。"

谢国广有些犹豫，本想争辩，却没有说出口。

谢君才在纸上写下个大大的"木"字："看看这个，再看看那个，一样的啊，都是'木'字。"

谢国广再次犹豫。谢君才鼓励他："说说看，不要紧，说吧。"

谢国广有些胆怯，伸出右手食指，指向"木"字最后一笔，那个长如小刀的捺，然后，又点住"桂"字的第四笔，那是一个小如黑瓜子的点。

一瞬间，谢国广的内心就被失望填满了。

什么叫悟性？ 这就叫没悟性！

什么叫聪明？ 这就叫不聪明！

还好，作为父母，对孩子的失望都是短暂的，不会是永久的。 不久，谢君才开始自我安慰，孩子还小，尚未开窍，等他再大些，领悟能力会随年岁俱增，总有豁然开朗的那一天。 不过，他对孩子悟性不佳的担忧，却如顽固的阴霾，一直盘踞于心头。 时不时地，有意无意地，他会留心评测，其长子国广，到底有没有读书人该有的领悟能力。

比方说，吟诗，虽说各人习惯不尽相同，但普遍规律还是有的。

"床前明月光，疑是地上霜。 举头望明月，低头思故乡。"第三句是转，"举头"二字后稍顿，"望明月"三字音调要提高；第四句是合，"低头"二字后稍顿，"思故乡"要读得很舒缓。 即便识字很少的半文盲，抑或目不识丁的文盲，听到朗诵者读出最后三字时，也知道这首诗读完了。

学习诵读的人，则应更进一步，能够举一反三，能把这样的吟诵规律套用到别的古诗上去。

"白发三千丈，缘愁似个长。 不知明镜里，何处得秋霜。"吟至第三句"明镜里"时，声调自然而然要提高；吟诵最后一句，"何处"二字后要有停顿，然后，用缓慢而又略带慨叹的语气吟出"得秋霜"三字。

悟性更佳的，换成七言诗，也会无师自通，准确掌握吟诵节奏。

比如，"烟笼寒水月笼沙，夜泊秦淮近酒家。 商女不知亡国恨，隔江犹唱后庭花。"第三句里"亡国恨"三字音调要高，"隔江犹唱"后要停顿，然后用低音缓慢吟出"后庭花"三字。

谢君才是贡生，吟诵唐诗十分拿手，但是，其长子国广，从三岁到六岁，能背诵许多诗篇，就是掌握不了吟诵规律与节奏。 这只能说明，他在这方面天赋很一般。

当然，身为父亲，对孩子的种种希望，总是大于失望，这几乎是长辈的本能。即便自己走到生命尽头，也不会对子孙失去信心，这是人类天生的美德。

孩子在识字方面没有过人天赋，并不能证明孩子学诗词、做文章不行。这是谢君才曾经的想法。孩子在吟诵古诗上禀赋平平，并不能证明孩子其他方面不行。这也是谢君才曾经的想法。

六岁，谢国广进私塾读书了。先生说，这孩子坐得住。先生说，这孩子背书有些慢，但知道用功，背熟了就记得牢，不像有的孩子，抢记能力强，但是过后忘得快。

谢君才听了，喜忧参半。

终于，先生开始教蒙童们写文章了。先生并不冬烘，第一次布置的作文是《挖笋记》，要求不高，须言之有物，勿发空言。

谢国广埋头作文，先写初稿，然后誊抄清楚。

开头两句不同凡响："翠竹满山，春笋遍地。"可谓眼前有景，言之有物，惜墨如金，笔笔有力，这哪是孩童的作文，分明是才子手笔。

且慢高兴，接下来两句是："挖笋出土，装于筐里。"这就很一般了，岂止是一般，简直是平庸。

再接下来又是两句："装满竹筐，抬回家去。"这两句，唉，怎么说呢？不说也罢。

接下来呢？没有了，全文仅六句，二十四字。

谢君才第一次看到儿子写的文章，虽说脸上带着笑意，心底却冷风飕飕，脊背上冷汗微现。关于自己的儿子，他又了解到一点：做文章同样没有天赋。

依现代人看来，刚上学的孩子，写字还写不来呢，能写出这样完整的语段，已经很难得了。

旧学不一样。旧学只学一样，文，包括读书、书法、对课和作文。其他什么都不学，没有数学，没有体育、音乐、美术、手工。蒙童诵读的，都是古典文学经典。会写文章的蒙童，一出手往往就洋洋洒洒，雅言迭出。当然，起初都是套用古人的，套用格式，套用文字。然而，能主动套用，正是灵活运用的初级阶段，也是开窍的具体表现。也有极少数天赋异禀的，很小就能写出传世佳作，比如，骆宾王还是蒙童时，就写下传诵至今的"鹅鹅鹅，曲项向天歌。白毛浮绿水，红掌拨清波"。

做人要老实，做文章却不能老实拘泥，束手束脚。谢国广的欠缺之处，恰恰在于做文章太老实，太死板。

能写文章的人，都知道这样的道理，"文似看山不喜平"。诗词名家，更是心高气傲胆子大，"语不惊人死不休"。

以诗仙李白为例。李白写诗，不但不老实，简直胆大妄为，"为所欲为"。"桃花潭水深千尺"，桃花潭其实很浅。"飞流直下三千尺"，庐山瀑布根本没那么高。这还不算什么，"白发三千丈"，在白发面前，桃花潭，庐山瀑布都不算太神奇。

谢君才在心里给长子谢国广写下评语，尽管他很不情愿：这孩子今生能识很多字，这孩子今生能记很多文章，这孩子今生能讲很多典故。

仅此而已。而已，让人心碎的两个字。作为父亲，他只能把这两个字深埋于心底。然后，让孩子继续读书。儒家最讲究仁义二字，对待同道，尚且要仁至义尽，何况是对自家骨肉？

谢国广读私塾读满六年，直至十二岁。

跟其父料定的完全一致，谢国广识字很多，背诵的文章诗词很多，熟记历史、文坛典故也很多。然而，真的是仅此而已。他不会写文章，确切地讲，他并非不能写出完整的文字，只是不能灵活自如地写出属于自己的文字。他笔下的文字，要么一看便知是生搬硬套的，要么一看便知是硬生生挤出来的，皱巴巴，干巴巴，既不光鲜，更无滋味。写景，他只会见山写山、见水写水，别指望诗情画意，更别指望摇曳生姿；策论，他只会就事论事，人云亦云，看不到主张，更看不出肝胆。

谢国广过完生日，年满十二之后，其父谢君才跟他商议：要不要参加小考？

小考也称小试、童试、童生试，明清两代皆为取得生员资格的入学考试，可分为县试、府试、院试，是读书人的进身之始，也就是科举首次正式考试。

面对郑重其事的父亲，谢国广虽说面带惭愧，但还是十分清楚地表达了自己的观点，不是用言语，比言语更直接，那就是坚决地摇头。

是的，谢国广知道全家对自己寄予厚望，也知道六年来自己不从事劳作，未能给家庭带来任何钱物收益，如果放弃进学，意味着前功尽弃，之前家里耗费的金钱，自己耗费的心血，全都付之东流。然而，他更为清楚的是，自己不是读书那块料，再读下去，只能徒长年岁，空耗家资。长此以往，自己付出的心血越多，对家庭的亏欠也就越多。

既然如此，还不如早点学手艺，勤劳作，安生计，奉父母。

还有一个原因，谢国广内心十分清楚，但不愿说，也不敢说。那就是，自家祖上，日子其实是很滋润的。这么多年以来，谢家的财运之所以越来越稀薄，就是因为从祖父开始，都只会读书，不会安生计，置产业。

谢君才问儿子想从事什么营生，谢国广的回答很实诚，老人都说，"无业不遮身""荒年饿不死手艺人"，还是学手艺吧。

谢君才点头说："也好。你从小没有干过活，力气不大，筋骨不强健，铁匠、木瓦匠都干不了，这样，你去城里药店，跟着坐堂的先生学点医术，也跟着抓药的师傅学学手艺。就算学不来切脉看病，将来开个中药铺，或者做个草药商，也是好的。"

于是，谢国广进了城，在一家大药房学徒两年。

1875年，虚岁十五的谢国广回到潘坑，开办中药铺。因为太年轻，加之为人谨慎，一开始没胆量堂而皇之坐堂行医，先是做草药生意，既收购，也批发，同时还零售。不过，因为潘坑地处闭塞，附近山民有小病小痛无法翻山越岭去寻医问药，只能到谢家药铺来求助。人家找上门来，谢国广不能不帮忙。他毕竟学过两年医，对于伤风感冒、发热咳嗽、腹痛腹泻之类的常见病，治疗起来，还是有七八分把握的。

不出半年，谢家中药铺在这片闭塞的山乡有了名声，虽说利润有限，毕竟能开办下去，也算不容易。

这年冬天，十四周岁的谢国广结了婚。老规矩，父母之命，媒妁之言。妻子麻氏比他大三岁，时年十七岁。

旧时，许多家庭妻大夫小，这是有原因的。夫君太小，如果妻子更小，一来不能操持家务，生计都有困难，二来不利于生育，往往难产，酿成灾祸。

妻大夫小的另一个重要原因是，封建时代夫为妻纲，男人可以为所欲为，纳妾、吃花酒，都是常事。原配夫人娶来后，既操持家务，又为夫家繁衍后代。等大老婆步入中年人老珠黄，原先比她年纪小的夫君正当盛年，只要家庭经济条件尚可，就很有可能纳妾。其后，家庭事务继续由大老婆操持，小老婆则接过繁衍后代的使命。

有清一代，早婚盛行，这也是清朝人口膨胀的原因之一。追根溯源，答案倒也简单，早婚的示范者，正是皇家。

史料明确记载，清朝入关后第一任最高统治者顺治皇帝，十四岁（虚岁）大婚；其子康熙皇帝成亲更早，十二岁（虚岁）大婚。上行下效，无论是居庙堂之高，还是处江湖之远，大清国内，绝大多数人都信奉"早养儿子早得力"。

谢国广与麻氏育有二子一女。1876年生子用世，1879年生女阿英，1881生子用道。

除非官宦之家搞垄断经营，寻常人家经商开店做生意，一开始都不容易。民间有个说法，"生意一开，九年忍耐"。与之相近的说法是，"三年生，三年等，三年乱麻拧成绳"，"九年做好，三世可保"。

旧时人家要么不开店经商做生意，只要开了，除非人丁断代，或者遇上兵荒马乱大灾难，否则都会世代经营，做出声誉，做成家族产业。闻名全国的徽商、晋商、旅蒙商，都是这样的。

三年生，有两层含义：一是商家业务生疏，二是客人生疏，人脉不旺。

三年等，这个好理解：不能着急，慢慢等。一是等自家业务熟练，熟能生巧；二是等客人上门，生客处成熟客。旧时做生意，主要靠积累口碑，而积累口碑，断断不能急功近利，杀鸡取卵。

三年乱麻拧成绳，也不难理解，同样有两层意思：一是九年生意做下来，再生疏的业务也熟练了；二是九年时间过去，生客早已成熟客，熟客的亲友也成了固定客户。这二者一结合，乱麻拧成了粗绳，力道就有了，无论是货源脉络还是人员脉络，三年五载断不了。关于这一点，可以举店家、顾客两方面的例子来佐证。以杂货店为例，旧时小小一爿杂货店，哪怕只有一间门面，半幅进深，当街是一面窄柜台，室内是三顶高货架，蜂窝一样的货格里，密密麻麻的商品总有几百种，既有日常畅销的，也有极其冷门的。在顾客看来，如何保证货源不断且能价廉物美，如何保证记住什么货什么等级是什么价，简直太难了，弄不好会让人发疯。然而，在店家看来，这是稀松寻常的，属于日常买卖，谈不上难事。再以顾客人脉为例，旧时杂货店，不仅是简单的货物集散地，也是人脉关节点。山民、村民之间许多书信、口信，往往由杂货店代收代转、代为传达。杂货店找人，往往比官府找人还灵光，效率还要高。这是由时代背景决定的。清代人口膨胀，普通人家田少人多，绝大多数人一辈子都在为填饱肚子而努力，能拿出积蓄开店的人是极少数，因此，店面都开在交通要道上，力求集镇、山乡均能兼顾。在以自给自足为主要谋生方式的小农经济时代，能够购买商品，也是不容易的事，算得上小小的荣誉，因此，购物者往往要弄出些动静，让邻居知晓，咱家要去买东西了，你们要不要顺便捎点什么？这下好了，没钱请你捎商品，那就劳神你带个信、传个话，要不请那里的老板伙计帮我打听一个人，或者请他们问问哪个大户人家要奶妈、保姆的……

之所以详细介绍这些，是要说清这样一个事实：敦厚笃实的谢国广，既然放弃走读书进学之路，决意开办中药铺，那么，创业的前十年必然殚精竭虑，全力以赴，根本没有精力开发孩子的智力，无心指导孩子读书写字，也不打算让他们跟祖上那样，走读书进学的老路。

事实也是如此。 谢国广与妻子麻氏所生的两个儿子，都没有走读书进学之路。 其长子谢用世读过几年私塾，能识字记账打算盘，就帮着打理中药铺。 次子谢用道，谢国广干脆将他过继给二弟谢国理，作为嗣子。

谢国广用十五年的时间，重振家业。 谢家中药铺远近有名，生意越来越好。 长子谢用世，不但遗传了其父的笃实秉性，而且，在父亲的影响下，养成办事细致的作风，十五岁便独当一面，独自到温州城采购药材。 其后，谢国广便集中精力钻研医术，经营中药铺，良性循环，优势明显，虽说中药铺的顾客都是普通山民，利润并不丰厚，但细水长流，积少成多，谢家终于成为富裕户。 中药铺积攒的利润达到相当规模后，谢国广盘下两间门面，开办冶铁铺。 此后，在潘坑及周边山民心中口中，谢家又恢复了大户气象。

谢国广原配夫人麻氏，于1889年病逝，年三十一岁。 其时谢国广二十八岁，已经营中药铺十多年，既是店主，又是医生，既有一点名气，又有一些家产，论理说，该及早续弦，找一位大姑娘再婚。 在封建时代，这是再平常不过的事。

有一个现成的例子，胡适自传《四十自述》里，开篇《序幕》部分，详细记载其父母婚事：铁花先生丧偶，于四十七岁那年，迎娶十七岁的冯顺弟。 铁花先生就是胡适的父亲，大名胡传，字铁花。 冯顺弟就是胡适的母亲。 巧的是，这一年正是1889年，也就是谢文锦父亲谢国广的丧偶之年。 不同的是，胡铁花是一位官员，地位比谢国广高，官至知州，家产也比他大。 胡适还写到，冯顺弟的母亲嫌胡铁花年纪太大,不同意这门婚事。 冯顺弟却说:"男人家四十七岁也不能算是年纪大。"顺弟的母亲气得跳起来,忿忿地说:"好啊! 你想做官太太了! 好罢! 听你情愿罢!"

当然,谢国广比不了胡适的父亲胡铁花。 然而,他有一样优势,却是胡铁花所没有的,那就是他才二十八岁。 在那样的旧时代,只要愿意,家底殷实的他找一个黄花闺女当填房,绝非难事。

出乎所有人意料的是,谢国广无心续弦,一门心事经营生意。 遇有媒婆上门说合,三句话没说完,他就不耐烦地将对方打发走。 亲朋问他缘由,他先是说,忙都忙不过来,哪有心思续弦。 长辈说,忙不过来,更需要找个人帮衬,一个人忙,那叫辛苦,夫妻两人忙,那叫相扶。 生性笃实的谢国广这才说出实情,那些媒婆所说的,都是十几岁的姑娘,他可不想拖累人家。 亲友听了,不禁慨叹。

四年之后,也就是1893年,经人说合,三十二岁的谢国广续弦渠口乡陈氏。 陈氏时年二十七岁,丧偶五年。 丧夫之后,她寄居于娘家,数年间足不出户,埋头缝补刺绣,从无流言蜚语。

两个老实人的结合,让当地山民感慨良多,都说缘分天注定,上苍自有安排。 笃实的鳏夫谢国广,娶了贤惠的寡妇陈氏,真可谓不是一家人,不进一家门。

一年之后,清光绪二十年正月二十六,公元1894年3月3日,陈氏诞下一子,取名谢用绣,字裴霞。 潘坑人何曾想到,这个男孩,日后会留学苏联,成为革命先驱、中共早期革命活动家、中共南京地委书记。

1896年,谢用绣两岁。 其时,谢国广经营中药铺超过二十年,铁铺经营也早已步入正轨,谢家长子用世也成为采购草药的行家。

家产日丰,生意稳定,谢家人读书显名、光宗耀祖、诗礼传家的念头自然而然又冒了出来。 于是,谢用绣开始常驻谢家草药铺,谢国广每天不厌其烦教他认字,手把手教他练字,摇头晃脑地教他诵读古诗,语重心长地给他讲史学和文学典故。

谢用绣两岁时，其贡生祖父谢君才未满花甲，时年五十九岁，头脑敏捷，吟诗作对，皆不输少年。此前，谢国广的长子用世、次子用道，于读书上天资平平，谢君才为此怅恨不已，暗中叹息谢家读书显贵之路从此断绝。因此，老夫子对儿子娶来寡妇诞下的这个孙子，一开始并未过多关注。谢用绣进驻中药铺，其父为其开蒙，作为祖父的谢君才仍是很少过问。

直至谢用绣四岁那年的某一天，祖父去中药铺拿中药泡酒，偶然看到八仙桌上的一张大字，才想起，这个孙子也能识字练字了。老夫子拿起那张纸，仔细打量。因为写字的孩童年纪太小，毛笔字算不得好看，但笔势开张，毫无缩手缩脚之感，与当年谢国广写字风格迥然不同。老夫子心中窃喜，再审读孙子所写的内容，一看就看出门道。

小孩子练字，所写内容无非两样：一是循规蹈矩，照字帖临摹；二是挑认识的字写，随手涂抹。谢用绣所写属于后者，十八字，分作三行：

梅花，桂子，蜡梅
松柏，竹子，冬青
桃子，梅子，杏子

"哟呵"一声，老夫子拔脚便走，也不拿药泡酒了，抓着那张纸就去寻孙子谢用绣。刚才在来的路上，他正好看到，孙子用绣正跟其他几个小孩子，在石墙上拿石子刻画。

老夫子喊道："用绣，过来。"

谢用绣回头一看，吓了一跳。此刻，谢君才内心很激动，因此，显得有些过分严肃。谢用绣平时很少与祖父打交道，本来就有些怕他，这会儿见他板着脸杵在那里，不免惶恐。

谢用绣握着石子的右手别到身后，慢慢走过来，满脸惶恐之色。谢君才见吓着孙子了，连忙满脸堆笑，用力抖动手中那张纸，大声说：

"这是你写的吗?"

祖父的笑脸,还有纸上那些很黑很整齐的大字,给谢用绣以自信,他不再害怕,点头说:"当然是我写的。"

谢君才声音更大,不吝夸赞:"写得真好,太好了!"

谁知谢用绣朝那张纸看了一眼,摇头说:"不好,不怎么好。"

谢君才一愣,看看纸上的大字,再看看眼前的孙子:"不怎么好?"

"不好,"谢用绣说,"这是瞎写的,照着字帖写的才好。"

谢君才更加欢喜,作为老夫子,面对小小的人儿,他十分难得地蹲下身子,由于长年穿长衫,他极少蹲下,因此格外吃力。他指着第一行大字问:"你说是瞎写的?喏,我问你,这一行,桂子、梅花、蜡梅,你这样写……"

不等祖父说完,谢用绣就给出老夫子想要的答案:"都是香的。"

谢君才笑逐颜开,随即指着第二行问:"这一行,松柏竹子……"

同样不等祖父说完,谢用绣又给出令人满意的答案:"天冷不落叶子的。"

心花怒放的谢君才不再发问,径直指向第三行大字。

谢用绣马上说:"都是果子,都是能吃的。"

谢君才满脸潮红,右手依次指向"桂""梅""松"……

不等祖父一一指点完毕,谢用绣爽快地说:"都是树。"

谢君才忍住喘息,右手再次指向这几个字,不过,这回他侧重指向字的左半边。

同样,不等祖父一一指点完毕,谢用绣马上给出答案:"都是木头的。"

"呼"的一下,谢君才站直身子,由于用力过猛,年过花甲的他头部暂时缺血,免不了头晕目眩,饶是如此,他还是抬头向天,心中翻腾起岳武穆的名句:"抬望眼,仰天长啸,壮怀激烈!"

"走,跟阿爷走。"谢君才牵住孙子的手,急急赶到谢家中药铺。

一进门，老夫子就朝谢国广大声说："这细儿聪明，我要亲自教他。"

出乎意料的是，面对老贡生难得的热情，作为儿子的谢国广，却表现得十分冷静。他先是站起身，走到椅子旁，以示对父亲的尊敬，然后，他诚恳而又决然地说："我能教他。"

老贡生一愣，有些转不过弯，稍作调整，才说："你忙的，要看病抓药。"其实，老人家内心想说的是，怎么？你比为父学问高？

谢国广重申自己观点："没事，又不是天天都忙、时时都忙，我能教他。"

老贡生虽说是个骄傲的人，但总得照顾儿子的面子，耐心劝说："你毕竟要照顾生意，我比你时间多。"

谢国广说："阿爸你年纪大了，该享福了。"

老贡生不服气："刚过花甲，我不老，我能教他。"

谢国广说："我也能。"

老贡生忍了又忍，还是没忍住，傲然说："就你？你比我学问高？"

谢国广说："再过三年，我会送他出去读书。他现在还小，教他，用不着太高的学问。"

直到这时，老贡生才醒悟过来，为了不让老头子教孙子，眼前这个不肖之子的内心，早已演练过对答之辞。故而，眼下的他才能绵里藏针，有礼有节，见招拆招，成竹在胸。

老贡生作为旧式文人的脾气完全被勾了出来："我比你学问高，这一点，你敢否认？"

谢国广微笑着，诚恳地说："阿爸你学问高，肯定比我高，谁都知道。我刚才说了，用绣现在还小，教他，不需要太高的学问。我找到窍门了，一个就够了。"

老贡生的表情里，既有不信，也有不屑："窍门？你有窍门？哪一个？"

谢国广不再笑，郑重地回答："多陪他，每天陪，一天不缺。"

老贡生怔住，木然片刻，默叹一声，慢悠悠说："这也好。麻布袋，草布袋，一代管一代。东关阁，西楼阁，最好不过各归各。龙身长，乌龟短，各人的儿子各人管。"

平心而论，谢国广年幼时，父亲对他还是很不错的，望子成龙的心情也是相当迫切的。然而，或许是因为谢君才没能中举，祖孙三代，三代秀才，谢氏一族男丁脊背上负荷的越压越多，第三代心中的焦虑程度，可想而知。

一个极度焦虑的人，注定是没有耐心的，注定是要好心切、迫不及待的，在看待子女的问题上，注定是恨铁不成钢的。虽然他很少打骂儿子国广，但是，幼童的感觉往往最敏感。比方说，一个重男轻女的祖母，有了孙女后，虽说她嘴上从不承认自己不喜欢孙女，也从不打骂孙女，但是，作为孙女，即便很年幼，甚至刚开始牙牙学语，就知道畏惧祖母，敬而远之。这样的例子，在乡村并不罕见。

成年之后的谢国广，想起自己的启蒙生涯，不难得出这样的结论：在父亲眼里，我不聪慧，不是求学的材料；我读书期间种种表现，总是让父亲失望。因此，在家产渐丰，第三个儿子降生时，他暗中许下诺言：我一定会耐心培养这个孩子。

教育孩子的最好方式，就是陪伴，心平气和的陪伴。谢国广之所以能得出这样的结论，不是由于他善于总结推理，而是来自于实践。

现在，这样的观点在教育界早已广为人知。欧美教育专家的观点更为明确：孩子的启蒙老师不必智慧过人，学问高深，但是，必须有足够的爱心和耐心。

2. 古寺深深

山道弯弯，渐行渐远。远去的是家乡潘坑，接近的是求学之地岩头。

"阿爸，我什么时候能回家？"内心挣扎再三，谢用绣还是小心翼翼地提出疑问。

谢国广的脚步缓了一缓，随即健步赶上，笑着说："还没进学堂呢，怎么倒想起要回家？"

谢用绣清澈的眼睛，望着绿葱葱的山景，说出了自己的理由："梅囡说，要送一只狮毛狗给我，她说随我挑，我要哪只给哪只。"梅囡家的老狗要下崽，谢国广是知道的，儿子说过好几次。

"哦。"谢国广点点头，不表态。

谢用绣又说："黑三弟说，要带我去逮绿头鸭呢。"

谢国广咳嗽一声，这才说："梅囡？梅囡四岁就能带弟弟了。"他的眼睛并不朝儿子看，顿了顿，又说，"还有黑三弟，五岁就能帮阿妈采桑叶，每次都采好多好多，多得背不动，回来请阿奶帮忙。"

听到这里，谢用绣的目光黯淡下去，细细的脖颈也低勾下去。原本害怕离家、担忧见不到父母和伙伴的那点小小的忧愁，被惭愧情绪代替了。

前面那个轿夫，显然是个善解人意的角色，马上说："带弟弟谁不会？采桑叶谁不会？读书识字，那才是本事。"

是啊，没让你带弟弟，没让你采桑叶，自打学会走路以来，没让你干过一件正经活。山里的孩子，哪个不是刚学会走路，就能帮衬父母？即便什么活路也不会，也要天天跟着长辈，做个拿拿接接的小跟班。如果不是你脑子好，连贡生阿爷都说你聪明，哪里轮得上你到岩头读书？你没听阿妈唠叨，养一个读书郎，该多么费劲，要花费多少银钱？

已经能背诵好多唐诗的谢用绣，总算想通了，自己作了让步："过年，我要回家吗？"

"那当然，"谢国广笑起来，"过年谁不回家？不回家，祖宗也不依的呀。你放心，我每个月都会来，一个月一次。来看看你，饭能吃得下不？来问问先生，书能读得进不？还有，要送米、送钱给你阿姨姑爷。"这里所说的阿姨，其实是姑妈。温州人称爸爸的姐妹、妈妈的姐妹，都是一样的，都叫阿姨。岩头姑妈家，是谢用绣寄寓之所。

谢用绣此番求学地点,是岩头普安寺,塾师叫郑纪恒。

清光绪二十六年(1900年)秋天,六岁半的谢用绣,求学于普安寺郑纪恒蒙馆。

普安寺,即普安禅寺,是一座千年古刹,位于永嘉县岩头镇双浚头,浙南天台宗重要道场。始建于唐玄宗先天二年(713年),南宋重建,明、清间多次重修。古寺坐北朝南,四合院式,约十亩大小,前为山门殿,中为大雄宝殿,后为观音阁。轴线两侧前院设轩房,后院为藏经轩。寺前永度桥为宋代古桥,桥边有放生池。

普安寺四面环山,清幽雅洁,不染俗尘,是修行、读书的好去处。

谢用绣师从郑纪恒。郑先生是溪山一带学问最高、最受尊敬的塾师,他开设的蒙馆,闻名遐迩。能进入郑先生的蒙馆读书,是学童的骄傲。每当有人问及他们,念不念书,在哪里念书,他们会用清亮的童音自豪地回答:"普安寺! 郑先生! 学问很大的郑先生!"

毫无疑问,郑先生是个有真才实学的人,曾被选拔为岁贡生。岁贡生雅称"岁进士",山民们不懂其中奥妙,都说郑先生是进士出身。其实,岁贡生只不过是秀才中的优等生,如无特殊情况,每年都会选拔,因此称为岁贡。

不过,无论何时何地,学问高深、品性端正的读书人,总是受人尊敬的。

郑先生受人尊敬,郑先生的蒙馆名声响,学童们所知道的这些,谢用绣都知道。学童们不知道的是,郑先生是谢用绣的亲戚,表叔。

临来之前,谢国广不止一次叮嘱儿子,在书房里,只能称先生,不能叫表叔。谢用绣毕竟年幼,问父亲为什么不能叫表叔。父亲严肃地告诉他,不能,书房是读书的地方,不是认亲的地方,"记住,一定要记好! 你跟郑先生,就是学生跟恩师的关系,而不是表侄跟表叔的关系。"

"可是,"作为小小孩童,谢用绣提出一个在他看来无法回避的问题,"要是别人欺负我,人家打我呢? 我能不能告诉他们,先生是我表叔,你们当心点。"

"不能!"谢国广态度坚决,"这叫倚官仗势,以势压人,不算本事。 男孩子家,更不能干这种事,一辈子都不能干。"

谢用绣的忧虑挥之不去:"他们人多,我又打不过他们。"成长道路上,男孩总会面临这样的问题,到陌生环境之后,如何提防因势单力薄而被欺负。

谢国广严肃地告诉儿子:"谁说要靠打架? 打得过一个,打得过十个八个? 要靠真本事,打架打得凶,那不算本事,要被人笑话。 你有真本事,别人就不会欺负你,只会佩服你。 说说看,在书房里,什么才算真本事?"

谢文锦知道父亲想要的答案:"读书,有学问。"

果然,谢国广很满意:"这就对了。 你念书念得好,写字写得好,做文章做得好,人家就会佩服你,先生也会喜欢你。 那些有心欺负人的只是少数,他们看先生和大家都喜欢你,就不敢动你了。"

之前的成长过程,恰恰印证了谢国广所说的。 谢用绣三四岁就识得许多字,从那时起,在村子里,所到之处就有小孩子会追随他,拥戴他。 当然,这个结果不是一下子得来的,是逐渐形成的。

只要是小孩子,都想当老大。 如果没有社会秩序和意识形态来规范,没有成年人来指导,毫无疑问,孩子们只会凭最原始的本事树立权威,那就是拳头。 有的男孩善于捕猎,有的女孩善于编织,应当说,这也算是真本事。 然而,如果没有制度约束和长辈管教,他们的劳动成果,只会被拳头最硬的老大攫取,然后,老大还要以恩人的姿态,行使至高无上的权力,分配权。

谢用绣三岁开始穿满裆裤,此后他就有了自己的帮派,头目是大他几岁的细三樟。 再大的孩子,就不屑带他们玩了。 跟其他小孩帮派一样,细三樟有食物分配权和玩具支配权,谢用绣虽说不情愿,但苦于细三樟拳头厉害,除了服从,没有别的办法。 时间一长,服从就变成忠诚,时不时地,小伙伴还会从家里偷拿好吃的孝敬老大细三樟。

某一天，孩子们聚在细三樟家堂屋里玩耍。无意间，谢用绣看到细三樟的父亲在擦拭香案上的供牌，就凑过去，指着那上面的字，一个接一个读出来："天地君亲师之位。"

细三樟的父亲一开始并不在意，以为这不算认字，只不过是记性好，长辈说得多，孩子就记住了，就如能记住"柴米油盐酱醋茶"那样，记住的是完整的一句，拆开来打散了，就认不得了。不过，细三樟的父亲还是随口说："三细儿，能认字啦？"

小孩子家，每掌握一项小小技能，都喜欢显摆，希望有观众听众见证，谢家三细儿用绣也不例外。他当即大声回答："是啊，我能认字，能认好多字。"

"哟，还好多？"细三樟的父亲笑起来。

见大人笑，孩子们也跟着起哄："还好多呢，吹牛皮！"

谢用绣急了，小脸通红，声音很尖："好多，就是好多！"不等大家提问验证，他就高仰起脖子，指着香案上方的板壁，那里贴着一副褪色的对联。

谢用绣口齿清晰地把对联念出来："金炉不断千年火，玉盏常明万岁灯。"

细三樟的父亲很是诧异，收起笑容，皱起眉头，俯瞰谢用绣。他的态度，此刻起到了导向作用，小伙伴们随即安静下来，目光齐刷刷射向谢家三细儿用绣。

谢用绣不看他们，他的表现欲被激发出来，眼睛转来转去，寻找字迹。农家堂屋里，能找到的字还真不多。最后，他居然发现屋梁上写着一行黑漆大字，于是，他用更大的音量读出来："咸丰五年岁在乙卯菊月新建。"

这还不算完，时年四岁半的谢用绣，居然还笑着对细三樟的父亲说："很老了哦。咸丰是同治的阿爸，是光绪的阿爷。"

本来谢用绣以为，他这番表现，会赢得大家一致夸赞，包括细三樟的父亲。谁也想不到，细三樟的父亲，接下来的举动有些吓人，只见他先是傻愣着，接着就操起鸡毛掸子冲向细三樟，没等对方反应过来，就给他一顿痛揍。

啪啪啪！细三樟的裤子很脏，在鸡毛掸子的击打之下，屁股后面灰尘飞腾。细三樟终于反应过来，开始尖叫跳脚。父亲不再揍他，左手拎着他的衣领，扭过头，右手中的鸡毛掸子指向谢用绣："瞧瞧，瞧瞧人家，瞧瞧你！让你读书，好家伙，死活不读，说是费钱！费钱？要你费钱？我看是你偷懒，怕费脑子！打架，摸鱼，捉鸟，你说说，除了这些，你会什么？你会什么？"

孩子们见细三樟家的大人发火了，虽说惯于欺负人的细三樟挨了打，但孩子们并不觉得解气，相反，他们感到害怕，于是"呼啦"一下，作鸟兽散。

谢用绣识字很多，应归功于其父谢国广。谢国广教儿子识字，没有条条框框，既不按照描红本上的"上大人孔乙己"的古典顺序来，也不按照"一二三人口手"的通俗顺序来。他的教学模式自成体系，既随机自由，又有规律可循。

比如，作为孩子，总得记住自己和家人的属相，无论识字不识字，这是中国人最普遍的童子功。谢用绣属马，父亲在教他认"马"字的同时，把十二生肖"鼠牛虎兔龙蛇马羊猴鸡狗猪"全部写在一张纸上，一一指给他看，耐心告诉他，祖父属什么，祖母属什么，父母属什么等等。

下一步，谢国广告知儿子："你出生的这一年，是马年，甲午年。"

水到渠成，谢国广在第二张纸上写下十天干"甲乙丙丁戊己庚辛壬癸"，在第三张纸上写下十二地支"子丑寅卯辰巳午未申酉戌亥"。

这些字纸，贴在高高的柜台外壁，就在八仙桌旁边，谢用绣的专座，那张可升降竹椅的对面。

谢用绣出生于光绪二十年（1894年），父亲免不了要告诉他，光绪是谁,他阿爸是谁,阿爷是谁。 于是,"天命、崇德、顺治、康熙、雍正、乾隆、嘉庆、道光、咸丰、同治、光绪"又出现在一张纸上,贴于柜台板壁。

就这样,没有任务,没有压力,在父亲的爱心呵护与耐心陪伴下,谢用绣用看似随意但极其巧妙的方式开始了求知生涯。 在识字、练字的同时,自成体系地学习,日新月异地进步。

再说细三樟,挨打之后一连三天没出门。 当众挨打,无论换了谁,都是件丢面子的大事,何况他平时在小伙伴面前,惯以老大自居。老大挨打,比一般小伙伴更丢脸,因此他躲起来不见人,是可以预料的。 问题是,他毕竟是个孩子,忍受不了寂寞,需要玩伴,也需要撒欢。

第四天晌午后,细三樟出门了,呼朋引伴,吆五喝六,动静很大。从走出家门那一刻起,他就故意绷着脸,绷得紧紧的。 他已打定主意,要给谢用绣一个下马威,要不然,他这老大地位不保。 来到谢家中药铺,刚好谢用绣写完毛笔字,出门找伙伴玩耍。 见了伙伴,谢用绣分给每人一颗熏黑枣,多下来的全给了细三樟。 细三樟虽说没有行使分配权,但结果差不多,他得到的仍是最大份额。

享用了熏黑枣,细三樟说:"用绣,我们去滩湾,去拣天鹅蛋。"

天鹅蛋,其实就是外形最标准的鹅卵石,经水流千万年打磨,坚硬光洁,观赏度高。 其中最圆的,可以卖给城里的老年人,供健身之用,常年盘玩于掌中,舒筋活血。 有天然象形花纹的价值更高,富裕人家买去置于荷花缸里,或者摆在案头,作为清赏之物。

谢用绣比细三樟小了几岁,加上对方块头大,拳头硬,暂时没有与之争老大的雄心和胆气,听他分派任务,当即表示服从。 谁知还没有走到村头,谢用绣就被一个满脸堆笑的婶子拦住了:"三细儿,快来,听说你能写好多字,快帮阿婶写几个。"

婶子的手中拿的不是笔,是一根细细的树枝,上端焦黑,显然是从灶膛里拣来的。 谢用绣接过那根末端焦黑的树枝,被伙伴们簇拥着，跟着婶子进屋。婶子指着堂屋西侧的板壁说："就写在这上面，每天都能看见，才不会忘掉。你就写，广儿，不，大广儿，猪钱三块。"

谢用绣并没有下笔，仰头问对方："阿婶，你说大广儿，是哪个大广儿？我阿爸小名也叫大广儿，我家可不差你猪钱。"

婶子笑了："放心，不是你阿爹这个大广儿，是那个大广儿。对了，那家伙大名叫什么？就是那个，那什么……"说着婶子朝自己脸上指了指。

"麻脸的？"一个孩子坏笑着问。

"脸上坑坑洼洼，填土种芝麻！麻子！对，就是那个大广儿。"另一个孩子高声说。跟着，孩子们肆无忌惮大笑起来。

婶子也笑了："对对对，就是他，不算麻子，不怎么麻，只有几个小坑。对了，三细儿，你就写，麻子大广儿，猪钱三块。"

谢用绣不再说什么，在板壁上写下一行字。婶子问："写完了？给阿婶念念。"

"北边大广，猪钱三元。"谢用绣的表情很严肃，"说人家麻子不好，他会生气。他一生气，不给你猪钱，那怎么办？"

婶子大喜过望，连声夸赞："写得好，说得好！对头，不能说人麻子。这孩子，真聪明，太聪明了。"这还不算，随后，婶子居然把矛头指向了个子最高的孩子王，"细三樟呀细三樟，你瞧瞧人家，再瞧瞧你，枉为那么大的个子，不长脑子，衣架子，饭袋子，空心木桩子！"

细三樟又羞愧又恼怒，满脸通红，先是咬牙切齿梗着脖子看旁边，接着就迈开两腿，丢下伙伴们，一溜烟跑了。

从此，在潘坑村，七八岁以下的孩子团伙里，年纪很小的谢用绣成了老大。

进普安寺拜师之前，谢国广不忘告诫儿子，在书房里，谁学问最高，谁就本事最大，就会受人敬重，就不会受欺负。谢用绣点头说，懂了，学问大，就没人欺负。

在郑先生的蒙馆里，谢用绣的确从未受欺负。他在普安寺的日子，可用四个字概括：如鱼得水。

郑先生的蒙馆里，学生年龄参差，大的十几岁，小的六七岁。年长的学生，跟从郑先生求学多年，不但学到了真学问，还染上了夫子的气质，自然不会欺负天真无邪的师弟。年幼的学童，上学之前，满耳满脑塞满了父母长辈的叮咛：郑先生是什么样的人？能拜他为师是你的福分，千万不要给先生丢脸、给父母丢脸，好好读书，好学上进，先生才喜欢你，师兄们才看得起你。

在这样的背景下，谢用绣进郑先生蒙馆后，看到的是这样一番暖心世相：师兄们个个好学不倦，一方面是不甘落后，另一方面是要给师弟们做出表率；年龄相仿的学友，一方面对先生充满崇敬，不敢偷懒，生怕先生轻视，另一方面是眼看师兄们领先太远，除了奋起直追，再无别的途径。

在潘坑，人人都夸谢用绣识字多，字写得好。在郑先生蒙馆里，他才真正明白，什么叫识字多，什么叫字写得好。一位十二岁的师兄，能把一部《离骚》背诵得滴水不漏，这还不算，自始至终，背诵者都是一边吟咏，一边振袖表演，脸上的表情随着诗句内容变换自如，真是潇洒之极，风雅之极。一位十五岁的师兄，写得一手篆书，虽说谢用绣还不会写篆书，但一看到那幅书法，就被镇住，不禁轻呼："真好看！"郑先生看了那幅篆书，先是连说三声"好"，接着说了一句让谢用绣终生难忘的话，"比我写得好。"

满腹文章，名动楠溪江的郑先生，居然说出这样的话，谢用绣既为之震惊，又为之感动。就在那时，他幼小的心灵里，萌生出这样的念头：如果我将来当老师，一定要做郑先生这样的人。

谢用绣改名字了，是郑先生亲自为他改的。

一次课间休息，一个年龄相仿的学友过来翻阅谢用绣的练字纸。看到他的名字，伙伴笑着说："用绣，怎么取这个名字？绣呀绣的，像个女孩子，人家还以为你是绣娘呢。"

郑先生刚好路过，听闻此言，笑着摇头："非也非也，不是这个意思。"

两个学童赶紧站起身来，听郑先生说话。郑先生说："用绣，取的是绣口锦心之意，说的是，文采过人，辞章灿烂。不过，这个绣，寻常人不太理解。这样吧，改一下，就叫文锦，意思不变，却不会被人讥为绣娘。"说着，夫子就提起笔来。旁边一位师兄眼明手快，迅速从谢用绣的练字纸中翻出一张干净的，铺开。

郑纪恒略一沉吟，在纸上写下两行字，是一副对联：

怀鸿鹄大志；
著锦绣文章。

师兄看了，指了指纸上的"文""锦"二字，对学名改成谢文锦的小师弟说，"文锦，专门送你的，还不谢过先生？"

谢文锦赶紧向先生鞠躬致谢。郑先生微笑着摆手，步出书房，散步去了。

谢文锦师从郑纪恒的第一年，所学的课程一点不难，仍是旧学，跟其他私塾一样，课本无非是"三百千千"，即《三字经》《百家姓》《千字文》和《千家诗》。不过，郑先生考虑到蒙童年龄、天资不同，也把《古文观止》《诗经》等经典发下。谢文锦这类年幼而又聪明的，可以自学，先生不作硬性规定。

此外就是练书法和上对课。书法是各练各的，写好交给先生，由先生批阅，在写得好的字上画上红圈。因为年龄小，谢文锦只练真书，即正楷。至于对课，因为年龄小的蒙童还没有学过音律，不懂平仄，郑先生一般不要求他们参与，有兴趣参与的，他也鼓励，有时也稍作评点，主要是针对内容是否对仗，音律是否合辙。

《三字经》《百家姓》和《千字文》文字容量都不大，谢文锦很快就能背诵流利，真正让他感兴趣的是《千家诗》，内容丰富，文采斐然。《千家诗》是我国古代为儿童启蒙教育而编的一部诗集，相当于现在的小学国文教材。

谢文锦的内心,有一个秘而不宣的小秘密,那就是,其中的许多诗篇,他从三岁时就开始诵读,早已烂熟于胸。于是,在好胜心的驱使下,他自导自演了一场"出风头"小戏。

那一天,郑先生布置任务,让年幼的一组学童自学《千家诗》中《卷二·五律》,要求熟读八,背诵四,也就是说最少要记住四首。

郑先生刚说完,学童们就摇头晃脑,呜哩哇啦高声朗读起来,个个争先恐后,生怕完不成指标,被先生打手心。当然,郑先生基本上不责罚学生,但作为学子,最起码的面子是要争的,没有谁打小就甘拜下风。

读着读着,小伙伴们发现了异常,一向听话好学的谢文锦,居然不念书,在埋头练字。离他最近的同学轻轻问他:"你怎么不读?快读快读,要一个一个过堂的。我已记住一首了。"

谢文锦看看他,压低声说:"昨天写字,我只得了三个圈。"

那同学说:"咳,先挑最要紧的做,字以后再写,快读!"

谢文锦笑了笑说:"别管我,你读你的。"

伙伴们自顾不暇,不再理他。直到课间休息,谢文锦才捧起《千家诗》,翻到要求背诵的部分,目不转睛开始阅读。两三个年龄小的蒙童围上来,一个说:"这会才读,哪里赶得上?"

另一个说:"临时抱佛脚。"

第三个说:"临死抱佛脚!"

谢文锦低声说:"嘘——不要烦我,让我读书。"

"还读书呢,"一个大些的孩子也走过来,"读书读书,读不读你都是输,输定了!我们走,别管他。"

学子们大部分散心去了,年幼的更贪玩,有的跑到古寺大殿前跳台阶,有的跑到林子里爬树。也有几个好奇的在走廊上,伏在窗沿外,悄悄打量谢文锦,看他如何应付。谢文锦呢,没有任何花招,嘴唇翕动,却不发出声音,右手捻着书页,看完一页,就翻过去看下一页。 读完之后，又一页一页慢慢翻了一遍。

叮叮、叮叮、叮叮叮，铜尺响了。 年龄小的学童嘻嘻哈哈说："快点，三更灯火五更鸡，上课了，先生开始批书了。"

因为书塾设在古寺里，打钟、摇铃都不适合，会破坏古寺的清静，也会打乱僧侣的生活节奏。 郑先生的书桌上有一座乌木笔架，挂着大小毛笔；用于召唤学童上课的铜尺，也悬于其上。 铜尺由黄铜制成，早先是镇纸，长约八寸，宽约一寸，有些年头了，上半截发暗，下半截却灿然耀眼，那是由于常年受锤击。 小锤也是铜的，不是黄铜，是紫铜，很小巧，锤柄比筷子稍粗，锤头浑圆，仅有小孩玩的弹珠那么大，平时置于山形笔搁上。 由于每天使用若干次，锤柄下部和锤头都是亮闪闪的。

郑先生敲铜尺很有意思，每有新学童拜师入学，第一课，他都要郑重其事讲给对方听，敲击铜尺上课，和吟诵诗歌的节奏一致。 郑先生一边敲，一边朗诵解说：

叮叮、叮叮、叮叮叮——三更、灯火、五更鸡，

叮叮、叮叮、叮叮叮——正是、男儿、读书时。

叮叮、叮叮、叮叮叮——黑发、不知、勤学早，

叮叮、叮叮、叮、叮、叮——白首、方悔、读——书——迟。

这是召唤上课的敲法，可谓技巧性、思想性俱佳。 下课呢？ 下课也有讲究，不过更简洁。 同样，郑先生边敲边解说：

叮叮叮，叮叮叮——下课了，勿乱跑，

叮叮叮，叮叮叮——宜漫步，宜远眺。

郑先生开始批书了。 这里所说的批书，并非指批阅、注解图书，而是指先生检查学童的背诵情况。 在民间，批书的意思更宽泛，既指先生检查学童能否背诵，也指学生自我背诵，测试背诵的过程。

"五首。"第一个被检查的学童信心满满，流利地背诵出五首诗。

"四首。"第二个学童报了个保守的数字，也完成了任务。

"六首！"第三个学童声音很大，能听得出他此刻很自豪，随后他

顺利背诵出六首诗。

"八首。"第四个孩子声音不大，但很自信；这孩子的吟诵也挺有味道。郑先生表扬了他。

谢文锦呢？他还在不慌不忙翻《千家诗》。轮到他了，只见他合上书，站起身，不慌不忙报出数字："十首。"

啊！十首？那些年龄小的学童都惊住了。旁边那组年龄稍大些的，本来都在练书法，此刻也都停下手中的毛笔，朝谢文锦看。

谢文锦不看左右，也不看先生，盯着先生书桌上的笔架，开始背诵古诗，口齿清晰，流畅自然，很快就将十首诗全部背诵完毕。

没有悬念，水到渠成，谢文锦成为学童中年幼那组的头领。

在随郑先生求知的岁月里，谢文锦一切顺利。此间经历，结合入学前父亲的教诲，他得出一个简单的结论：作为学子，只要努力读书，才华出众，就会赢得别人尊敬，就不会被欺负。

然而，现实远比年轻学子的想法复杂得多，也黑暗得多。直到他进入省立第十中学（今温州中学），处处受歧视，最终被开除出校，吃了人生中第一个大亏，才意识到自己当初的想法，实在是太幼稚了。这是后话。

从六岁到十七岁，谢文锦追随郑纪恒先生读书，前后十一年。在这期间，他不仅奠定坚实的国学基础，塑成正直坚毅的性格，尤为重要的是，还立下以身报国的崇高理想。

3. 心火炎炎

1901年晚秋，挑了个凉爽的天气，谢国广宴请儿子的恩师郑纪恒，地点就在岩头，文锦姑父家中。旧时请老师吃饭，属常规礼节，正常不过。由于谢国广平时都呆在中药铺里，很少有时间外出，因此，除了四时八节托文锦姑父给郑先生送节礼之外，正式宴请的次数少得可怜，拜师酒算一顿，这是第二顿。

这一顿饭，让谢文锦终生难忘，并且，早早地让一个孩子树立起远大理想。

这种宴席，按照道理，谢文锦这样的小孩子是不能入座的。不过，一来本身人不多，有空位子，二来郑先生执意要谢文锦入席，说是能让他学一学宴席礼仪。

主宾和主人，也就是郑先生和谢国广朝南正坐，谢文锦的姑父和另一位当地亲戚中的长辈坐于郑先生左手边，朝西。郑先生特意让谢文锦坐在自己右手边，朝东。其他三个位子，坐着与谢文锦的同辈亲戚。

郑先生的酒杯，就在谢文锦面前。谢文锦为先生倒酒，郑先生开玩笑说："很好，执弟子之礼，从倒酒开始。"说着，给谢文锦夹菜。

对面的谢国广赶紧提醒儿子，教给他酒席礼数：长辈给晚辈夹菜，晚辈要欠身，道谢。谢文锦听了，有些慌张，赶紧站起身。谁知郑先生按住他肩膀说："通常情况下，做弟子的是要起身道谢的。你是我器重的学生，又是我的表侄，如同一家人，不必起身了，只需前倾点头，也可以视为躬身行礼。"

谢文锦看看对面的父亲。谢国广说，那就听先生的，恭敬不如从命。

席上，郑先生免不了要对谢文锦夸赞一番，说他如何聪明，背诵《千家诗》如何熟练，练字如何一丝不苟之类。

酒过三巡，郑先生有些微醺，面颊潮红。与酒意不相称的是，他仿佛有什么心思，不再言语。谢国广要为他斟酒，他轻摆左手，把右手中的酒杯放到谢文锦面前，严肃地说："给先生倒杯酒，先生要告诉你，你这个学生如何非同一般。"

谢文锦站起，双手持酒壶，恭恭敬敬给郑先生斟酒。

"文锦，你知道自己如何不一般？"郑先生慢悠悠问道。

谢文锦有些拘谨，回答说，不知道。

"你的出生之年，还有开蒙之年，都不一般，都是恰逢国难之年。"郑先生重重叹息，"国难深重，大国难。"

谢文锦隐约能猜出郑先生所指，但不便抢先说出，能聆听先生教诲，是他的荣幸。郑先生说："你出生之年，国逢大难，甲午海战。我国惨败，东洋人大胜。北洋水师耗资巨大，规模巨大，到头来却是一败涂地，全军覆没。在此之前，朝野上下一致认为，以北洋水师之庞大，无论来犯之敌是谁，都无所畏惧。北洋水师完败之后，多少人参不透其中玄机，到底为何落败。别看我老朽昏聩，手无缚鸡之力，却在开战之初就判断，我国必遭大败。其中玄机何在？"

谢文锦看看先生，未作回答，他知道，先生会自顾说下去。郑先生道："水师再庞大，不过是武器。武器，须得操持于孔武有力者手中，方能施展自如，斩敌于马下。青龙偃月刀，须得握于关羽之手，方能算作利器。试想，若将八十二斤之青龙偃月刀，交于盲眼重病之人，能有何用？"

郑先生语出惊人："我大清国，眼下就如一个盲眼重病之人，手有利刃不能杀敌，家有宝物不能保护，膝下儿女无数，却毫无依傍，只能任人欺凌宰割。"

谢国广等人，先是面面相觑，继而齐齐朝大门外看，生怕郑先生的大不敬之言，被外人听去。郑先生却无视旁人，只顾看着谢文锦，滔滔不绝："甲午海战惨败，灾难才刚刚开始。第二年，丧权辱国的《马关条约》签署。强盗打上门来，拿一根搅屎棍，把我家青龙偃月刀砸碎了，还要我家拿出能买一根黄金棒子的钱，去赔偿他的搅屎棍！世上哪有这等道理？世上哪有这等丑事？偏生我们都碰到了。还要将辽东半岛、台湾岛及周遭附岛、澎湖列岛割让给人家，再赔人家白银两亿两！这还不算完，后来又追加三千万两赎辽费。辽东半岛自古就是我家的，居然要给强盗赎金三千万！公道何在？天理何在？呜呼！盲眼重病之人，遇上身强力壮的强盗，哪里容得了你说理？"

谢文锦被郑先生的情绪感染，眉头紧锁，眼睛发热，满腔悲愤。

"去年，是你的开蒙之年。这一年又逢国难，大国难。"郑先生继续说，"庚子国变，一大劫难。 义和团兴起，众口一词高喊'扶清灭洋'，信誓旦旦宣称刀枪不入，所向无敌，必能杀光洋人。 这等把戏，朝廷居然信以为真，公然向列强宣战。 这简直就是盲眼重病之人，赤手空拳和强敌对阵。 空前灾难遽然降临，民众之苦难不忍再说，权贵之丑行不屑再说。 只说后果，八国联军占领紫禁城皇家宫殿，无数珍宝被劫掠一空，慈禧太后、光绪皇帝仓皇出逃，一直跑到西安。 一年之后，《辛丑条约》签署，被人家白打一顿，被人家抢去宝贝，还要向打上门来的强盗赔偿白银四亿五千万两！ 耀武扬威的强盗，给我们算好账目，分三十九年还清，我们要向强盗支付利息，四亿五摇身一变，变成九亿八千万两！ 我大清子民穷得叮当响，北方旱灾，卖儿卖女，南方水灾，饿殍遍地。 而今每人却要摊出两三两白银，赔给蛮横无理的强盗，公道何在？ 天理何在？ 京城之内，允许各国驻兵，强盗窝居然建在皇宫旁！ 公道何在？ 天理何在？ 强盗还申令我们，拆毁大沽口至京城设防炮台，世代家园，连插篱笆墙的权力都没有？ 公道何在？ 天理何在？"

悲愤的郑先生，双目含泪，胡须乱抖："文锦呀文锦，你可知晓，你生不逢时，又生逢其时！ 生不逢时，国难频仍，民不聊生。 生逢其时，救国救难，匹夫有责！ 我大清国山川大河，壮美之极，然病入膏肓，又衰败之极。 凡病者，终有病灶。 不知病灶，哪能对症下药，安能治病救命？ 我大清国病相昭然：两眼盲瞽，心智昏聩！ 病根亦昭然：开眼看世界，赤心报社稷之人，少之又少！ 设若天下之聪慧少年，都能双目明亮，心智聪慧，肝胆磊落，赤心报国，我泱泱大国，焉能不如旭日东升，光芒万丈，升腾之势谁能阻挡？"

谢文锦虽说年幼，但所读诗书不在少数，知晓不少道理。 此刻他被壮怀激烈的郑先生感染，心潮激荡，霍然挺立，以表敬意。

郑先生大声说："常言道，有志不在年高，无志空长百岁。 少年读书求知，贵在及早立志。 文锦，你出生之年，适逢国难；开蒙之年，又逢国难。 你可知晓，这是上天在给你警示，让你立志。"

谢文锦被老先生的一番话，激励得热血沸腾，庄重地望着郑先生，等他训示。

郑先生说："丈夫之志首在济世，男儿碧血誓为国洒！"

谢文锦热泪盈眶，大声复诵："丈夫之志首在济世，男儿碧血誓为国洒！"

从那一刻起，这两句誓词，深深镌刻于谢文锦心墙，永不磨灭。

郑先生所不能预料的是，谢文锦此后所有的人生节点，都与国家的命运节点重合。

谢文锦1911年高小毕业，这一年，辛亥革命爆发。

谢文锦1912年结婚，这一年，中华民国建立。

谢文锦1917年毕业于浙江一师，参加工作，这一年十月革命的炮声，给中国送来了马克思列宁主义。

谢文锦1920年赴上海参加革命活动，这一年，中国共产党上海发起组成立。

谢文锦1921年留学莫斯科东方大学，这一年，中国共产党成立。

谢文锦1927年牺牲，这一年，南昌起义爆发，中共自此有了自己的军队。

不过，这些节点，郑先生不一定都知道。而谢文锦的父亲谢国广，一条也不知道。

谢国广于1908年因病去世，享年四十七岁。这一年，谢文锦十四岁。

同样在这一年，郑纪恒创办广化高等小学，谢文锦跟随郑先生入广化高小读书。其背景是，清政府于1905年宣布废除科举，从1906年开始，府、州、县均不再录取生员（秀才），考举人、考进士更无从谈及。为了顺应时代潮流，各地因陋就简，改私塾为学堂。

此后，在谢文锦看来，郑先生亦师亦父，彼此感情很深。

1911年，作为第一期毕业生，谢文锦从广化高小毕业。此后，他的求学之路越走越远，离故乡潘坑也越来越远。

无论是从前还是现在的旅行版图上，无论是在外来者还是本地人的眼中，潘坑都是个美丽的地方。山峰巍峨，溪水潺潺。有山皆绿树，无地不桑麻。

坑，望文生义，指的是中间凹陷之地，其实就是山间小盆地。潘坑位于楠溪江的源头。而楠溪江，则是无数旅行者今生必游目的地。

一直到十七岁，潘坑都是谢文锦眼中心中的美丽家乡。他从未想过，这个"坑"字，会带给他烦恼和屈辱。

这是1911年，辛亥革命爆发，新思潮席卷全国，新风尚荡涤尘埃。年轻的谢文锦感到，新世界正向自己，向所有人敞开大门，充满希望，充满朝气。新的世界，需要他这样的新人去学习，去探索。于是，他怀揣美丽梦想，离开家乡潘坑，考入浙江省立第十中学（今温州中学）。

他怎么也没有想到，现实居然那么残酷。他所期待的辛亥革命之后的那个平等的新世界，压根儿就不存在。更让他意想不到的是，一个"坑"字，成为他这类山里学生低贱身份的标签。当然，这既不能怪谢文锦和其他山里孩子，也不能怪起名的先辈。以"坑"为名，在浙南相当普遍，就像华北平原上的人们，喜欢以"庄"为名那样。要怪只能怪那个旧时代，只能怪专制时代让人们养成的变态心理。

民国时期，上中学的大多数来自富裕家庭。上中学的目的，是为了上大学，乃至出国留学。上师范的，大多来自贫苦家庭，上学的目的是能够尽快就业，为家庭分忧；其时中小学教员缺额很多，师范毕业生不愁找不到工作。

旧时代的一个社会特征是，上等人惯于欺压凌辱下等人，即便没有机会通过科举晋升让自己成为上等人，也要创造机会，自欺欺人，让自己成为某个前提下的上等人。

今天，楠溪江早已成为游客眼中的胜境，画家心中的圣地，可是在封建时代，这里是穷乡僻壤的代名词。在城里，楠溪人长期受歧视。

闭塞的山乡，论及经济条件，当然不能和平原、江城、海港比较。这是普遍现象。直至一百余年之后，在2015年2月27日举行的浙江省推进二十六县加快发展会议上，浙江省委、省政府决定正式摘掉永嘉等二十六个欠发达县的"帽子"，并不再考核经济总量，转而着力考核生态保护、居民增收等。这是后话。

"什么地方？潘坑？什么坑？泥坑的坑？粪坑的坑？"

谢文锦是住校生，舍友初次见面，彼此要问一下情况。一个油头粉面的瘦高个，看到皮肤黝黑的谢文锦，猜想他是乡下人，于是第一个问他。谢文锦据实相告，谁知等待他的，居然是一场毫无征兆、毫无道理的嘲笑。

"哟，原来是坑里人哪，难怪这么矮。"其实谢文锦身材并不矮，在成年人里也算中等身材。但粉面小子可不管这个，只顾取笑乡下人，他对其他几个穿着体面的学生说，"哎，你们注意到没有？坑里人，基本上都长一个样，或许是在坑里呆久了。什么样呢？短腿，短脖子，因为天天呆在坑里，不用走路；长胳膊，长手，长指头，因为天天要爬山，爬树，采树叶，采果子。"

那几个城里学生肆无忌惮地笑了，一个说："妙极了，惟妙惟肖。"

一个说："好极了，入木三分。"

还有一个说："一语中的，精妙无比。"

"腾"的一下，一股热血直冲谢文锦脑门，想都没想，左手就把挎着的麂皮书包转到右前方，右手按住皮包下端，双手准确握住包里的熟铁镇纸，皮包侧面朝前。这是战斗姿态，只要他向前猛冲，包里的镇纸就会戳中粉面小子的小腹，让他挨疼，甚至受伤。

不过，谢文锦虽然摆出决斗姿势，却并未发出攻击。一方面，初次见面就发生这么大冲突，对彼此都不利，另一方面，他毕竟跟随郑纪恒先生求学十一年，不仅成为一个有知识的人，还修炼成一个有修养的人。

对方见他神色严峻，姿势古怪，不免吃惊，僵在原地，忘了说辞，连个起码的预防架势也忘了摆。

谢文锦放弃了攻击。他想起上蒙馆之前父亲说过的话："你有真本事，别人就不会欺负你，只会佩服你。"

谢文锦说："同室操戈，不算本事。"

在对手看来，这话有些莫名其妙，不着边际。那几个城里学生你看看我，我看看你，最后一同看着谢文锦。谢文锦把皮包转回身侧，问他们："你们是否知道甲午海战、《马关条约》、庚子国变、《辛丑条约》？"

粉面小子不屑地说："这谁不知道？你当我是乡下人？"的确，能考进温州最好的中学，说明他并非草包。

"那么你是否知道，"谢文锦盯着他的眼睛，"我泱泱大国，为何打不过那些小国？"

这问题有些大，对了，什么意思？难道说，国家打败仗，账要算到小爷头上？

"我来告诉你，"谢文锦正告对方，"为什么我国地大物博，人口最多，却老是打败仗，备受列强欺凌？正是因为，国民中有好多人，就像你们这样，不敢面对强盗，只会欺压同胞！"

从驳论的角度看，谢文锦的这段话，可谓精彩绝伦，一针见血，字字千钧。而且，最后那句话，已经将对方反驳的途径封死了——你还强调什么呢？你不就是仗着自己是城里人吗？你除了欺负乡下人，"欺压同胞"，还有别的本事吗？

不过，从交际的角度来看，谢文锦这样反击对方，有些过火。对方嘴上不说，心里会想：天哪！国家不强盛，就因为我们没修养？国家打败仗，居然赖到我们头上？我们欺负你是我们不对，但是你把我们说成敌对势力，说成外国列强的走狗帮凶。这这这，也太过分了吧。

如此一来，谢文锦等于给己方、对方划分了阵营。双方的隔阂只能更大,短时间要想达成和解,困难重重。

的确,人心的复杂程度,难以想象。同宿舍八名学生,居然分为四个派系。那四个城里人,刚来就气势逼人,毫无疑问是一派;谢文锦和李坑的李守智,都是城里人眼中的"坑里人",被迫抱团互助,成为一派;另一个山里学生性格孤僻,两耳不闻窗外事,整天一声不吭,属于隐逸派;还有一名同学是海边人,既不偏向城里人,也不帮衬乡下人,属于中间派。

初次交锋,谢文锦在论辩方面占了上风。此后,城里人那一派改变策略,不再跟山里人明里舌战,改为旁敲侧击,冷嘲热讽。比如,他们不再提"坑"字,改用"洼"字,每天都要把这个刺耳的字,用刺耳的声调说上好多次。比如说,练书法要用到砚台,砚台中间有砚坑,也叫砚池、墨池。城里学生不叫砚坑,改叫"石头洼子",还故意让这个"洼"字拖音拖老长。比如,装模作样练书法,大惊小怪喊同伴:"老三,你在喝水?正好,我这石头洼——子没水了,给我这洼——子加点水。"

再比如,谈到中国地理环境,一个说:"四川盆地,大洼——子!山西盆地,小洼——子!都不如我家砚台,石头洼——子!"

每当这时,谢文锦要么装作听不见,要么干脆走出去。他的忍让,并未换来城里同学的宽容。相反,他们时刻都在准备着,准备给这个不知天高地厚的坑里人施以言语上的羞辱打击。

比如,谢文锦打水洗脸。粉面小子故意问同伙:"你今天洗脸没有?不洗也好,扮包公不用擦油彩。"这明显是讥笑谢文锦皮肤不白。

再比如,上体育课,城里小子们嘻嘻哈哈开玩笑:"老四,快点,脚步迈不开,手倒甩得远!你这点本事,洋人打来可跑不了。"这明显是讥笑坑里人腿短胳膊长。

谢文锦一忍再忍。他默默念叨:父亲说过,学生的真本事在于读书,言语上压人,不算好汉。

幸好，不多久，全班同学就知道了谢文锦的厉害，他的国文水平，他的写作水准，都是数一数二的。他所撰的一副对联"大禹治水护沃土，愚公移山开康庄"，受到国文老师的盛赞，优点分析出三四条。

本来，谢文锦以为，既然他已显露出学生的真本事，功课拔尖，那么，同学就不会欺负他了，教员也该对他另眼看待。

他又一次想错了。由于时代原因，省立十中同样是新学、旧学混杂，新派、旧派不和的地方。尤其对谢文锦不利的是，国文教员就是一个愚忠愚孝的封建遗老。老夫子之所以对那副对联大力褒奖，一方面是对联确实写得好，而主要原因则是，老夫子热衷于旧学，热衷于数典，热衷于歌颂历史人物。

谢文锦并不知道，老夫子对康有为、梁启超，对民主民生一肚子怨气。封建遗老，心事各各不同，但腹诽之辞其实是一样的：若是还在从前，老夫一准是上等人。现在倒好，居然提倡什么人人平等？怎么可能人人平等？富人和穷人能平等？财主和长工能平等？秀才和白丁能平等？

既然国文教员长期带着这样的怨气，可想而知，当他看到谢文锦递交的作文中，明显带有梁启超"新民体"风格时，该有多来火。等老先生读到这样两句时，早已按捺不住了。谢文锦写的这两句是："若无今日学子之平等，绝无他日国民之平等。"

平等平等平等！周文王和马夫、伙夫、清道夫岂能平等？孔圣人和贩夫走卒、神汉巫婆岂能平等？主人、仆人也要平等？毛驴、磨盘也要平等？

老夫子在作文上朱批了一行大字："空谈误国，文不对题！"

本来，谢文锦对自己提交的这篇作文充满信心，原指望先生能当场评点表扬一番，等看到那八字评语时，顿觉被泼了个透心凉。这还不算，国文教员还利用评讲作文的机会，把梁启超和他的"新民体"痛批了一番。

"什么新民体？其实就是空喊口号，空发狂想。什么贤臣治国？

小人之心昭然若揭。康梁之流，所说的贤臣是谁？还不是他们自己？即便他们不说，天下人都知道，在他们眼里，谁有资格当贤臣？除了他们自己，其他一个也不够格。他们的野心，绝非只是当贤臣，他们的目标，至少是贤相。既然能当宰相，而且是贤相，那么，国君就不用劳神了，可以高枕无忧享福了。这样一来，国家成了谁的国家？还不是他这宰相的？"

听到这里，谢文锦哪里还坐得住，站起身辩解道："先生，你误会梁启超了。他在《新民说》里说得明白……"

"放肆！"老夫子震怒，厉声呵斥，"谁让你讲话了？谁给你这胆量，当面顶撞老师？你不知道'天地君亲师'吗？你不知道师道尊严吗？"

谢文锦正要解释，老夫子再次提高音量："出去！你给我出去！"

谢文锦忍气吞声，转身刚要走出。老夫子又下令："把书包拿上，今天一天都不许进来！"

自上学以来，好学上进的谢文锦，从未受过这样的训斥，更何况，这训斥是毫无道理的。他强压住心中火气，迅速整理书包，快步走出教室。

身后，那个倨傲的声音，再次给谢文锦重创："有你这样的野蛮学生，何来国民之平等？"

回到宿舍，摊开那张批有"空谈误国，文不对题"的作文，谢文锦本想写一篇驳论，作为有力回击。可惜，此刻他怒火中烧，热血冲脑，无法整理思绪，更无法落笔成文，只好躺到床上，瞪眼皱眉，长久一动不动。

下课了，四个城里学生嘻嘻哈哈跑回寝室，一个说："按章办事，今天该我清理寝室。国民之平等，从学生平等开始。"

另一个说："言之有理，若无文明之学生，何来文明之国民？"

第三个说："学生文明，则国民文明；学生野蛮，则国民野蛮！"

"呼"的一下，谢文锦从床上跃起，冲到粉面小子面前，劈手夺过他手中的扫帚，紧紧握在手中。

这一回，四个城里学生可没打算让步，反而围了上来。粉面小子昂着头，梗着脖子，乜斜着眼睛，挑衅地说："坑里人。你想怎样？"

另一个说："想打人？你试试！"

第三个说："那还等什么？让我们看看，你有多大胆。"

最后一个说："坑里人真厉害，刚刚顶撞先生，又想殴打同学，迫不及待要证明自己是野蛮人。"

这最后一句，及时提醒了谢文锦，不能打架。倒不是怕别人说他野蛮，而是瞬间他就明白了眼前的严峻形势，对方有备而来，准备围殴他这个乡下人。而一旦打起来，他注定在肉体、精神两方面落败。他不可能打赢四个人，皮肉注定吃苦；同时，他会在整个校园落下恶名。就像刚才第四个同学说的，刚因顶撞老师被逐出教室，跟着又殴打同学，这样的学生，简直太野蛮了。

"干什么？你们要干什么？"门口传来一个威严的声音。是学监。

学监相貌很有特点，高眉骨，鹰钩鼻，一身黑衣，不苟言笑，让人望而生畏。而且，这学监还有一样奇特之处，仿佛能未卜先知。学生出成绩时，他从不露面，可是，每当学生犯错，甚至刚露出犯错的端倪，他就会突然冒出。学生都比较怕他，说他神出鬼没，犹如幽灵。

这一回，学监又仿佛凭空冒出，让室内五人都吓了一跳。四个城里学生马上散开阵式，嘴上连说没什么，不干什么，走出门外。

学监目光灼灼，盯住谢文锦："你要干什么？"

谢文锦愣了一下，看了看手中的扫帚，垂下手，没头没脑地说："我要请假。"这话简直文不对题，让人匪夷所思。

学监以为自己听错了，侧耳问他："什么？请假？"

谢文锦说："是的，我要请假。"

学监眉头紧锁："请假？请假干什么？"

"请假回去。"此时此刻，谢文锦只想离开，离开这是非之地。

"回去？回哪里去？"学监追问。

"回潘坑。"谢文锦回答。

"哦，坑里人，回坑里去呀。什么坑？"学监阴沉着脸问。

门外有人阴阳怪气说："牛羊坑。"然后，就是几个人"哧哧"的笑声，两人还朝室内探头探脑。原来，那四个城里学生并没有走开，一直在门外听动静。怀有小人之心的，往往都这样，生怕别人告状说坏话。

"牛羊坑？"学监居然笑了，"是姓牛、姓羊，还是关着牛羊？"

门外四人肆无忌惮地笑了，一个说："也姓牛，也姓羊。"

另一个说："也关牛，也关羊。"

耳中灌满城里人恶毒的嘲笑声，眼中填满学监阴险的笑容，多日压制的怒火，再也无法遏制，刹那间如火山喷发。谢文锦对着学监怒吼："放牛屁！放羊屁！你们，还不如牛羊！"

学监铁青着脸，二话不说，一个大巴掌扇过来。谢文锦一躲，因为他比学监个子矮些，加上闪躲，学监的巴掌没打到他的脸，手指扫过他的头皮。

被盛怒驱使着的谢文锦，向右跳开一步，这样，他手中的扫帚才能抡开。只见他迅速举起扫帚，又快又准，猛力砸向学监的头。

"咔吧"一声，扫帚木柄断为两截。

随后，谢文锦一阵风跑了出来，手里还拿着半截扫帚柄。

也许是没反应过来，也许是被谢文锦痛揍学监的举动吓住，门外那四个城里学生，居然无人出手阻拦谢文锦。谢文锦风一般跑过走廊，跑过大道，跑出校门，跑上街道，一口气跑出老远。不是因为害怕，不是为了逃避，他此刻所想的，就是远离，远离这片被封建遗毒浸染的土地。

第二天，校方宣布开除谢文锦，还扬言要捉拿他。也就是说，即便他认错悔过，也绝无可能重新走进这座校园读书求知。

由中共中央党史研究室编辑，1984年7月1日刊行的《革命烈士通讯》，载有《我党早期的革命活动家——谢文锦烈士》一文，在介绍谢文锦离开浙江省立第十中学这段经历时，是这样写的："……校内一些封建遗老，对文锦等来自穷乡僻壤又渴望进步的学生百般歧视、凌辱，还禁锢学生的思想。年轻的文锦愤愤不平，他有理有据地反抗校方的专制高压，最后校方以'思想过激'为借口，将他开除。"

随后的相关出版物，在介绍谢文锦中学经历时，说法基本相似，均沿袭此说；至于谢文锦用扫把打学监的情节，所有版本都只字未提。其中原因，归结起来不外乎两个：一是摆出学校禁锢学生思想、封建遗老歧视穷孩子的事实，强调错在学校一方，不在谢文锦一方；二是出于对革命烈士的尊敬，为尊者讳。

其实，不要说校方有错在先，谢文锦打人事出有因；退一步说，就算校方没任何过错，一个青春期的男生出于义愤，出手打人，也不算什么新闻，不值得大惊小怪。要知道，当年谢文锦十七岁，正是躁动不安、自尊心最强的时候，不愿受委屈，不肯吃亏，其实很正常。男孩子受欺负闷声不响，那才不正常。

举个同龄人的例子，伟人毛泽东，生于1893年，比谢文锦大一岁。1936年，在延安窑洞里，毛泽东接受美国记者斯诺专访，就不加掩饰地谈及，自己小时候与父亲之间发生的冲突。毛泽东说："他的严厉态度经常激起我的反抗。从很小的时候我就发现，我如果公开反抗，保卫自己的权利，我父亲就会软下来；如果我温顺驯服，他反而打骂我更厉害。"

再举个同龄人的例子，大作家茅盾，生于1896年，比谢文锦小两岁。李标晶所著，团结出版社1990年7月出版的《茅盾传》中写到，1911年12月，因不满学监的专制，十五岁的茅盾和同学到学校外面喝酒壮胆，回校后闯进学监室兴师问罪。还有更绝的，大考之前，茅盾居然将一只死耗子装进红色封套里，题上《庄子》里有关"鸱得腐鼠"的几句话，送给学监。鸱得腐鼠，典出《庄子》中的《惠子相梁》，说的是：惠施在梁国做国相，庄子去看他。有人告诉惠施，庄子此次来，是想取代你做宰相。 惠施非常害怕，在国都搜捕三天三夜。 庄子去见他，说南方有一种鸟叫鹓鶵，从南海飞到北海，不是梧桐树不栖息，不是竹子的果实不吃，不是甜美的泉水不喝。 猫头鹰拾到一只腐臭的老鼠，鹓鶵从它面前飞过，猫头鹰以为对方要抢它食物，发出怒吼。 少年茅盾这样写，用意十分明显，把学监比作食腐鼠的猫头鹰，把自己比作高洁的鸾凤。 这样的比喻可谓尖刻之极，少年茅盾可谓胆大包天。 结果，茅盾和那几个同学都被学校开除。

由此可见，逆来顺受决非人类天性，面对不公正待遇，男孩子的反抗意识，通常都比较强烈。

中学被逐这段经历，让一心苦读、以为读书可以赢得尊重的谢文锦如梦初醒。 他总算明白，父亲当初的教诲，虽说有一定道理，但并不具备普遍性。 幼时、私塾和小学阶段，好学上进、才华出众的他的确曾赢得尊重，未曾受歧视、被欺负，但是，那几个阶段他置身的范围都很小，接触到的人很有限。

从省立十中逃回老家，谢文锦蛰伏了几天，脑子里一直在思考这样一个问题：人民为什么不团结？ 人类为什么不平等？

不久，心惊胆战的母亲告诉谢文锦一个坏消息：外界都在传，谢家三细儿把学堂里的先生打伤了，人家到处在找他，要把他捉去报官，下号子。

谢文锦告诉母亲，他打的是坏人。 那家伙看不起山里学生，还欺负山里学生。

母亲来不及细问前后缘由，手忙脚乱为他收拾换洗衣衫，迅速捆扎妥当；又拿来两条用棉丝纸裹成的银元卷，放进麂皮书包。 母亲说，家里待不得了，赶紧走，躲到枫林徐御史府上去。 徐御史即徐定超，谢文锦的表叔。

徐定超（1845—1918），字班侯，永嘉县枫林人。 光绪二年（1876年）举人，光绪九年（1883年）进士。 先后任户部广东司主事，户部则例馆纂修。 光绪二十五年（1899年），被京师大学堂聘为医学教习。 光绪三十一年（1905年）参与筹办旅京浙学堂。 光绪三十二年（1906年）授山东道监察御史，次年转任江西道、河南道监察御史。 宣统元年（1909年）十一月，出任浙江官立两级师范学堂监督。 宣统三年（1911年）春举为浙江省学务议长。 辛亥革命后，于1911年11月15日任温州军政分府都督。 民国元年（1912年）三月改任永嘉县知事。 1918年1月5日乘普济轮返温州遇海难去世。 徐定超声誉很高。 左宗棠曾赠其对联："大隐本来无境界，胜游长得共跻攀。"民国五年（1916年）年九月，徐定超夫人胡德淑生日，民国总统黎元洪题辞赠匾"相敬如宾"。 徐定超去世后，1921年温州建徐公祠，总统黎元洪题名立碑于祠前，蒋中正题赠"风节凛然"横匾悬于正堂。 1935年枫林徐氏族人辟御史祠作为祭祀徐定超专祠。 门台额为蔡元培手迹"御史祠"。 两侧对联亦为蔡元培所题："念祖楼台高百尺，谏官祠宇壮千秋。"楼下正堂门楣刻蒋中正手迹"风节凛然"。 中堂置徐定超夫妇陶瓷像，上有于右任题匾"大义凛然"。 祠内另有马一浮、马叙伦、左宗棠、沈钧儒、章炳麟、鲁迅、周作人等人题匾和对联。 徐定超之影响力，可见一斑。

枫林徐家与潘坑谢家，都是书香门第，在讲究门当户对的封建时代，两家世代联姻，关系非同一般。

在徐御史府第暂住期间，因徐定超和他的两位公子都不在家，谢文锦与思想进步、见多识广的小学教员郑恻尘、胡卜熊等人商量，自己该何去何从。 郑、胡等人一致认为，还是上师范好，几年之后就能当教员，要改变社会现状，教育须得走在前面。

郑恻尘说："眼下就有一个现成的门路，徐定超老先生，之前执掌浙江两级师范学堂，之后又升为省学务议长，掌管全省教育。 省两级师范现更名为省一师，人才济济，名气很响，你何不前去投考？ 兴学堂正需要大量人才，凭你的实力，定能够一试而中。 即便考试周期不吻合，你也可以找徐公帮忙，请他写封书信给现任校长经亨颐。 虽说老人家眼下离开杭城了，但一师上下对他极为敬重。 还有一条最重要的，你的同窗好友胡公冕，就在省一师当体育教员，你何不去杭城投奔他？"

谢文锦一拍脑门："对了，昭从昭从，他召唤，我跟从！ 怎么就没想到？ 早知道这样，就不去考那个让人憋气上火的破十中了。"

胡公冕（1887—1979），原名世周，字昭从，永嘉县岩头人。 1907年投奔其姑父徐定超，徐介绍他到杭州梅东高桥随营学校当学兵。1909 夏回乡在岩头广化小学任体育教员，并在高年级听文化课，与谢文锦同学。 1910 秋到湖州管带陶昌权处当教练；半年后回温州在枫林小学教体育。 1911 春到浙江两级师范学堂任体育教员。 辛亥革命期间，徐定超离校，教务长经亨颐主持校务和学生军，任改名后的浙江一师校长。 胡公冕参加辛亥革命军，在某师教导团里当排长。 1912年春南北议和，部队解散，胡公冕离开上海。 经徐定超介绍，到浙江吕公望师部当服务员；不久进入杭州体育专门学校任教；同年秋转到浙江一师当体育教员，与校长经亨颐共事十年。 1921 年 10 月加入中国共产党（大革命失败后失去党组织关系）。 1930 年 5 月 9 日，在枫林镇慧日寺建立中国工农红军第十三军，任军长。 西安事变后，从事统战工作。 建国后任国务院参事室参事。 1984 年追认为中共党员。

"对了，就去杭州，去找昭从。"谢文锦很快作出决定。

离开家乡前，谢文锦专门给恩师郑纪恒写了一封信，托郑恻尘送去。 信中，他对时局、世相谈了自己的感想，既有牢骚怨言，也有真知灼见；随信还附有书法一张，表达自己愤懑与忧虑：

人心齐，泰山移；民相欺，大厦圮。

从求学到就业，谢文锦用了十七年，即 1900 年至 1917 年。 他的蒙学时期和小学时期，可以用四个字概括，如鱼得水。 他短暂的中学时期，也可用四个字概括，如坐针毡。 他的师范时期，同样可用四个字概括，意气风发。

浙江一师的师资力量之强，令人咋舌。浙江一师学业活动之丰富，令人目不暇接。

即便是百年之后，进入信息时代的当代人，看到浙江一师校友名单，也会惊讶之余，心向往之：徐定超、夏丏尊、经亨颐、沈钧儒、李叔同、鲁迅、许寿裳、沈尹默、叶圣陶、朱自清、俞平伯、潘天寿、丰子恺、施存统、曹聚仁、柔石、冯雪峰……

夏丏尊、李叔同都曾经教过谢文锦。李叔同就是后来的弘一法师，教谢文锦美术。入师范读书的第一年，谢文锦最爱的一门课程就是美术，既舍得投入金钱，也舍得投入时间。为了学画画，他购齐绘画工具；为了学工艺美术，他专门购买金刚钻。调制颜料，他能反复试验几十次，不厌其烦；临摹作品，他能一坐半天，不喝水不起身。然而，不久之后，没有人提醒，更没有人嘲笑，谢文锦还是看出了自己的不足，在绘画方面，缺少天赋。若是在小学阶段，让他轻易承认不如伙伴，那是很困难的。而现在，只要每天看老师的画作，每天看同学的画作，要得出这样的结论并不困难。由此可见，"行万里路"和"读万卷书"同等重要，甚至比读书更重要。眼界这个词，既虚空，又实在。跟井底之蛙、积谷之鼠，不必谈眼界；跟韦编三绝、周游列国的孔子，不能谈眼界。

谢文锦有自知之明，自己当不了画家。于是退而求其次，改攻工艺美术，对绘画的狂热减退了不少，但还是保持着一定的兴趣。谢文锦存世画作极少，温州革命烈士纪念馆藏有四幅，均为铅笔画，是1916年完成的美术作业，指导老师为李叔同。

跟着大师学习，其实很最轻松的。大师级的人物，通常都有宽广的胸襟。大师当老师，其好处显而易见，不会强迫你，更不会压迫你。其坏处也显而易见，太过洒脱，对学生比较放任。

谢文锦在绘画方面所用时间越来越少，对此，李叔同并未表示惋惜。谢文锦改攻工艺美术，李叔同也并未热情鼓励。这就是名师的做派：一切遵循个人意愿。

1912年冬天最冷的时节，谢文锦每天捧着冰冷的碎瓷片，练习刻画题字，进步很快。"高岩古意浓"锡制水壶，以及"老圃秋容淡"金边瓷碗，就是他这一时期的工艺作品。六年之后，其得意门生金贯真从岩头高小毕业，身为校长的谢文锦，赠其锡壶留念。因金贯真投身革命，四处奔波，最终光荣牺牲，锡壶遗失，至今下落不明。"老圃秋容淡"瓷碗尚存，今藏南京雨花台烈士陵园纪念馆。

谢文锦还坚持研习书法，并学会了篆刻。同样地，他清醒地认识到，自己不可能成为工艺美术大家，也不可能成为书法名家、篆刻家。加上他立志要成为教育家，以推行平等教育、提高国民素质为己任。随后，他在这些方面所花时间逐渐减少，把更多精力投入到与教育教学相关的课程上去。

在此期间，谢文锦熟练掌握了白话文写作技巧。他读私塾时，所学文章均为古代经典，对课也均用雅言，文字风格都是古典式的，其所写短文、所撰对联，文字风格当然也是古典式的。小学阶段，他接触到不少进步文章，有用古文风格写的，有半文半白的，也有纯白话文的。小学高年级阶段，他所写短文，大多是半文半白的，文风上偏向古典。

习过文言文写作者，再写白话文，有一个好处，遣词造句简洁准确，能抓住要害。浙江一师的学习经历，为谢文锦日后当俄文翻译打下了坚实的基础。

当然，在浙江一师的最大收获，则是思想上的进步。关于民主民生，自由平等等，谢文锦都有了较为深刻的认识。

师范学校培养教师，也分类，谢文锦是作为高小教员培养的，学制较长，于1917年毕业。回家乡后，他在岩头高小先任教员，后任校长。

担任校长期间，他节衣缩食，舍家兴教，聘请进步教员，精心选择教材，大胆采购鼓吹民主自由的书报刊，矢志培养新派人才。同时，面对保守派、顽固派的仇视和攻击，他毫不让步，针锋相对，坚决斗争。由于他真心兴教，名声在外，也由于他善于团结新派教员，擅长联络骨干学生，因此，在与保守派、顽固派的斗争中节节胜利。岩头高小不但始终走在当地新式教育的前列，还成为传播革命思想的摇篮，他的学生里，不少人后来走上革命道路，有几位还成为共产党高级干部或高级军官。

"变法之本在育人才，人才之兴在开学校。"

这是梁启超的观点，谢文锦一直奉为圭臬。他最初的理想，是当一名教育家。那么，是什么原因使他改变初衷，离开教育行业，投身革命，化身为黑暗中的盗火者、播火者，最终又成为慷慨赴死的蹈火者呢？

《永嘉英烈传略》《浙南革命烈士传》等书均有谢文锦传记，且位列第一，然而，对于上述疑问，两书都未作出解答。中共永嘉县委党史办公室、永嘉县民政局编辑、浙江人民出版社1989年6月出版的《师生英烈耀千秋》一书中，录有《为人师表——谢文锦烈士传》一文，作者周天孝。文中有这样一段话："谢文锦身在乡村，胸怀世界，密切关注着国际国内的风云变幻。俄国十月革命的炮声，中国军阀杀人的枪弹，从正反两个方面惊醒了他的教育救国的美梦。1919年春，他辞去校长职务，离开家乡来到上海，进行革命活动。"

应该说，这个结论是符合实际的。

辛亥革命胜利了，中华民国建立了，但是人民并未盼来好日子，相反，底层民众的灾难更加深重。

鲁迅曾用八个字形容当时的世相，"卖儿救穷，砍头示众"。卖儿救穷，旧时代里都有，不唯民国，而砍头示众之暴政，却以民国初期最为普遍，最为惨烈。其根本原因在于，地方武装割据。军阀成为领主，生杀予夺，随心所欲；民众成为羔羊，既能兑换银子，也可以随意宰杀。

关于军阀胡乱杀人，著名作家沈从文在其自传中有客观而又详尽的描述，读来触目惊心。沈从文十五岁当兵，是地方兵，驻防辰州，即沅陵，时间是1917年，恰好是谢文锦从教的那一年。《从文自传》里《清乡所见》一章里写道：

"到地后我们便与清乡司令部一同驻扎在天后宫楼上。一到第二天，各处团总来见司令供办给养时，同时就用绳子缚来四十三个老实的乡下人。当夜过了一次堂，每人照呈案的罪名询问了几句，各人按罪名轻重先来一顿板子、一顿夹棍。有二十七人在刑罚中画了供，用墨涂在手掌上取了手模。第二天，我们就簇拥了这二十七个乡下人到市外田坪里把头砍了。"

清乡成为地方军发财的好时机，可以随便捉人，无辜者必须拿钱保释。同时，清乡还成为有钱人消灭仇人的最好手段。沈从文写道："无力缴纳捐款，或仇家乡绅方面已花了些钱运动必须杀头的，就随随便便列上一款罪案，一到相当时日，牵出市外砍掉。"

地方军为了立威，更为了敛财，可以随时随地杀人。到底有多少普通民众遭受屠戮，现已无法统计，总之数量是相当惊人的。沈从文自传里，有这样一段话，可以佐证："关于杀人的记录日有所增。我们不必去捉人，照例一切人犯大多数由各乡区团总地主送来。地方人民既异常凶悍，民三左右时一个黄姓的辰沅道尹，在那里杀了约两千人，民六黔军司令王晓珊在那里又杀了三千左右，现时轮到我们的军队做这种事，前后不过杀了一千人罢了！"一个小地方，三支队伍经过，居然杀了六千民众！这是什么样的世道？

地方军为了让无辜者招供，所用酷刑如"敲骨髓""绷断腿"之类，可谓惨绝人寰。沈从文自传里《怀化镇》一章中的相关描述，令人毛骨悚然，不敢读下去："晚上拷打时，常常看到他们用木棒打犯人的螺丝骨，这刑罚是垫在一块方铁上执行的，二十下左右就可把一只脚的骨髓敲出。又用香火熏鼻子，用香火烧胸肋。又用铁棍上'地绷'，'啵'的一声把脚扳断，第二天上午就拖了这人出去砍掉。拷打这种无辜乡民时，我照例得坐在一旁录供，把那些乡下人受刑不过情形中胡胡乱乱招出的口供，记录在一角公文纸上。"

《从文自传》于 1931 年动笔，1934 年写成，正处于民国中期，而不是解放后，"新社会"还没有诞生，也就不存在为"旧社会"抹黑的可能；而且众所周知，沈从文是一位人品、文品俱佳的大作家，也不存在为了增加可读性而胡编乱造的可能。因此，他的这些文字，可以当成民国时期的乡民苦难史来阅读。今天，透过他的文字，我们能大致了解，当时底层人民的灾难何其深重。也就不难理解，谢文锦为何要放弃教育救国的梦想。

　　1919 年春，受同乡好友胡公冕影响，谢文锦来到上海，参加五四运动，投身现实斗争。在此期间，他找到了瞿秋白，结识了许多革命知识分子，并在《新青年》杂志社任职。这是他人生重大转折的开始。

　　说到《新青年》，只要是对中国现代史稍有了解的，都知道这本杂志，都知道这本杂志在新民主主义进程中的巨大功绩。1923 年 6 月，《新青年》成为中共中央机关刊物。

　　1920 年 9 月，谢文锦参加上海外国语学社，学习俄语，为留学苏俄做准备。外国语学社设在上海法租界霞飞路新渔阳里（今淮海中路 567 弄）六号，上海社会主义青年团机关亦在此处。外国语学社由中国第一个共产主义小组即中国共产党上海发起组创办，名曰学社，其实是一所学校，目的是将有志向有知识的进步青年培养成党的干部和外语人才，并将其中骨干输送到世界上第一个社会主义国家苏俄学习。刘少奇、任弼时、肖劲光等都曾在此学习。

　　此间，谢文锦光荣地加入社会主义青年团。

　　在外国语学社学习一年，谢文锦被选派赴莫斯科东方劳动者共产主义大学留学。

4. 华章灿灿

　　同志们！

向太阳,向自由,
向着光明走!
同志们!
黑暗已消灭,
曙光在前头。

莫斯科东方大学,中国留学生宿舍里,每天晚上都会唱起这支歌。中国留学生,中国进步青年的杰出代表,个个被雄壮激昂的歌声感染激励,消灭黑暗、迎接光明的热情,一天天高涨。

这首《光明赞》,是苏俄人民十分热爱并广为传唱的歌曲。教会全班同学用中文演唱的,正是谢文锦。

1921年夏天,党组织选派谢文锦到莫斯科东方大学学习。与他同行的有刘少奇、任弼时、罗亦农、肖劲光等人。

其时,为祸中国的不仅有封建主义、各路军阀,还有帝国主义、各路洋鬼子。反动势力对一切有碍旧秩序的思想,采取的措施是大力禁锢,对有进步倾向的志士,施行的暴政则是全力捕杀。就在当年的2月11日,上海法捕房以《新青年》社出售《阶级斗争》等书、"言词激烈"为由,强行封闭该社。

为避免暴露身份,出行之前,谢文锦、刘少奇一行人早就商议好了,个个乔装打扮,扮成外出谋生活的手艺人,而且,人人都起了化名。

"闻裁缝,闻师傅!"这是在点名演练。

"在呢,在这里。"被人称为闻裁缝的,是一个中等身材,皮肤黝黑,戴着眼镜的年轻人。没错,他就是谢文锦。让他扮裁缝,是刘少奇的主意。刘少奇说,裁缝一般都是中等身材,不胖不瘦,因为裁缝整天坐着,埋头针线,个子太高会腰酸背痛,个子太矮会够不着案板,吃力。这种解释让谢文锦忍俊不禁,于是欣然接受裁缝这种新身份。谢文锦名字中有个"文"字,改口叫闻师傅,便于同学记忆。

二十三岁的刘少奇，被谢文锦他们称为剃头匠邵师傅。谢文锦的解释是，剃头匠一般不要个子矮的，否则，给高身材的客人理发够不着，总不能让客人低头认罪，那样不礼貌。刘少奇个子高，身材瘦，正符合剃头匠身份，整天站着忙个不停，胖不了。这样的解释合情合理，刘少奇乐呵呵接受了。刘少奇名字中有个"少"字，改口叫邵师傅，同样便于同学记忆。

罗亦农成了伊皮匠，肖劲光成了景厨师。

任弼时当年才十九岁，大家懒得给他找职业，都称他小徒弟，还让他自己找师傅，挑上谁就是谁。任弼时灵机一动，说他师傅不在这里，他此番出行，就是要去找师傅。师傅在很远的北方，姓列，叫列大师。大家一愣，继而会意一笑：列大师，列宁是也。他们此番去北方，千真万确是去找师傅，学习人家闹革命走社会主义道路的新经验，新做法。

听说自己被封为裁缝，谢文锦自信满满，得意之情溢于言表："裁缝好啊，妙手裁乾坤，收拾旧河山，重整新世界。"

刘少奇跟着说："剃头匠好啊，剃刀在手，削尽腐朽。"

罗亦农不甘落后，马上说："皮匠好啊，穿新鞋，趟新路，前途光明。"

肖劲光气派最大，大手一挥："厨师最好，本事最大，治大国如烹小鲜！"

任弼时假装严肃："最大的在这里呢。别看我是徒弟，来头却最大。在师傅列大师面前，我不敢托大，换个地方，那就不同了，无论怎么排，也是我最大。"

刘少奇说："要是北方那个列大师，肯亲口承认你是他徒弟，那么，先入师门为大，你就是大师兄，我们大家都认了，公推你最大，怎么样，小徒弟？"大家都笑了。

这些中国青年的精英，从上海出发，沿途通过道道关卡，克服重重困难，长途跋涉，辗转万里，奔赴莫斯科东方大学学习。1921年8

月1日,刘少奇、谢文锦等首批二十六名中国留学生在东方大学注册。 1922年12月,谢文锦转为中国共产党党员。

莫斯科东方劳动者共产主义大学,简称东方大学,是二十世纪二十年代初俄共(布尔什维克)创办的一所专门培养革命干部的政治大学,共产国际派驻代表参加该校最高领导机构,1921年10月21日正式开学。 学制初为七个月,后改为三年。 办校宗旨是为苏联东部地区培养民族干部,也为东方各国培养革命干部,生源多数来自工人和农民,也有学生、职员和知识分子。 学校设有党的工作和政治教育、工会运动、经济、行政法律等系。 二十年代中期,学校分为苏联东方部和外国部两个部。 外国部设有俄文、中文、朝文、日文、法文、英文和土耳其文七个班。 1925年秋,莫斯科中山大学创办,东方大学部分教员和中国学生转至中山大学。 1930年中山大学停办,东方大学重新开设中国班。 1937年分成两个独立单位,一个是只收苏联学生的东方大学,另一个是只收外国学生的民族殖民地问题研究所。 1938年东方大学停办。

今人所能见到的谢文锦的文字著作,只有两件半。 之所以有半件作品,是因为这件作品由二人联手翻译,即萧三和谢文锦在东方大学求学期间翻译的《光明赞》歌词。

萧三(1896—1983年),著名诗人、翻译家。 湖南省湘乡县人。 原名萧克森,字子暲,萧子升之弟。 曾就读于湖南第一师范,与毛泽东同学,与萧子升、毛泽东、蔡和森共同创建新民学会。 1920年到法国勤工俭学。 1922年与赵世炎、周恩来等发起组织"少年中国共产党"。 1923年到苏联莫斯科东方劳动者共产主义大学学习。 随后回国参加革命斗争。 1930年作为中国左翼作家联盟常驻代表,出席在苏联哈尔科夫举行的国际革命作家会议,并主编该会刊物《世界革命文学》中文版。 1934年出席苏联作家第一次代表大会,并代表中国左翼作家联盟作大会发言。 1939年春回国,担任过鲁迅艺术学院翻译部主任等职务。 建国后,长期致力于世界和平运动和对外文化交流工作，曾任世界和平理事会理事及书记处书记，两次出席亚非作家会议。

萧三在《岁月消磨不了的记忆》一文中，深情回顾与谢文锦在东方大学的交往："我刚转到中国班来的时候，我的自修桌子正对着谢文锦同志的座位，我们面对面坐着，自然觉得特别亲近。他中等身材，称不上健壮，但挺结实，一口浙江口音，早就在'东大'学习。我们经常在一起研读。他为人热情、开朗、待人和气。他教我唱俄文歌《光明赞》。这是一支流传很广、为苏联人民熟悉和热爱的歌子，同时也是列宁生前爱唱的歌子之一。这一支激昂、雄壮的进行曲，充满战斗力，我们都很喜欢它，认为应当译成中文。过了两天，我俩就把它译出来了。"

说起两人合作的机缘巧合，既有主观因素，又有客观因素。客观因素具体表现在两方面：其一，萧三是一位诗人，适合创作诗词歌赋；其二，谢文锦俄语水平高，适合翻译俄国作品。主观因素则是，二人之间的一场热烈讨论。

此时的苏俄，正经历大饥荒，东方大学的学生，生活条件无疑是艰苦的。不过，因为同学们个个怀揣伟大抱负，人人拥有满腔热血，没有谁觉得生活苦、伙食差，每天都是劲头十足，课上埋头学习，课后真诚交流。在自修教室，萧三和谢文锦的桌子整齐相对，两人面对面，彼此之间讨论交流的次数也就最多。

那一次，他们讨论的话题是：非常时期，比如发动群众，发起战争等等，理论宣传的利器有哪些？

经过简单讨论，谢文锦提出以下看法：

鼓动群众，最简单可行的方法是口号，比如"均田地"。鼓动知识精英，最简单可行的方法是发表理论文章，比如《共产党宣言》。鼓舞战士，最简单可行的方法是歌唱，唱战歌。

随后，萧三和谢文锦合作，翻译了《光明赞》。谢文锦说，适合革命战士和人民大众传唱的歌曲，歌词内容应该浅显些，因此《光明赞》中文歌词通俗易懂，朗朗上口。

谢文锦的另一件作品，既是书法，也是诗歌。原件至今保存完好，宣纸质地，所写内容为一首诗（原无标点，标点为行文需要而加）："欲安天下苍生，端赖同志齐心。依照马列主义，发动群众斗争。打倒列强军阀，好教宇宙重新。甲子冬，在蓬溪近云山舍，书与雪仙叔等共勉之，侄文锦。"

这首诗，若论文学性，客观地讲，不算太高，文字直白，诗意不浓；然而，字里行间气势逼人，什么气？书生意气，凛然正气，猛士豪气，还有惊世志气。

题款里的甲子年，为1924年。近云山舍，在永嘉县东皋乡蓬溪村，为谢氏祖居地，至今古居尚存。门额"近云山舍"四字集南宋大儒朱熹手迹镌刻而成，正门右侧船厅即谢文锦等人当年革命活动旧址。

"雪仙叔等"具体指哪些人？都是重要人物，正是谢文锦首批介绍加入社会主义青年团的八位热血青年。

现藏于北京中央档案馆的革命文物，《给团中央的报告——关于介绍八人加入SY（社会主义青年团）》，系谢文锦亲笔书写。其中第八位即为谢雪仙，原文是："谢雪轩，年二十四岁，浙江温州人，毕业于第十中学，现任该县第八高小教务。人极诚恳，且很活动，做事也很负责，对于我们的主义很有热烈的倾向。"谢雪轩，俗名谢雪仙，原名谢国溪，比谢文锦小六岁，但辈分大，系谢国广族弟，谢文锦族叔。这八人当时皆二十来岁，都比谢文锦年轻，且金贯真、李得钊是谢的学生，连同谢文锦，九人中算谢雪仙辈分最高，落款时写"谢雪仙等"，符合旧时礼仪。打报告写"轩"，题赠写"仙"，也符合逻辑。给团中央提交报告，是十分严肃的事，所以要写被推荐者的学名；给乡亲和战友题赠书法作品，是亲切随和的事，所以写受赠者的俗名。此外，报告里将"李得钊"写成"李得昭"，也并非笔误。旧时文人一人多名，是寻常雅事。民国时期知识分子乃沿袭此风。这种现象，直至新中国成立后也并不鲜见。严格实施一人一名制度,是计算机普及之后的事。

谢雪仙(1900—1946),上海大厦大学肄业。1924年冬由谢文锦介绍加入共产主义青年团,后转为中共党员。曾任永嘉学务指导员、国民党县党部执行委员(国共合作时期)、温州康乐小学校长等职,毕生致力于振兴永嘉文教事业。国共两党两度合作期间,以及革命低潮时期,均以国民党党员身份示人,以教育工作者身份作掩护,秘密为共产党工作。因其病逝于解放前,误会未获及时澄清,建国后其身份被曲解,亲友、后人均受不同程度牵连,甚至造成重大冤案。其嗣子谢春元于1951年被地方政府错杀,1988年平反。

谢文锦一生最重要的作品,是《列宁与农民》。这部著作,篇幅七千字左右,算不上鸿篇巨制,然而,无论是对于涉农方针而言,还是对于革命历程而言,论其功绩,都称得上是一部"大"作品,当之无愧。

《列宁与农民》是谢文锦长期孜孜不倦钻研马列主义的理论成果,是共产党早期系统地介绍列宁、论述农民问题的重要文章,对推进工农联盟、深入农村土地革命起到了重要作用。

《列宁与农民》最初发表于《新青年》1925年4月第1期"纪念列宁专号"。文章中,谢文锦不仅详细地介绍苏俄革命领袖列宁的生平事迹,而且深刻地阐述了解决农民问题与夺取革命胜利之间的关系。

他在文中指出:"俄罗斯的多数派(即布尔什维克),在一九一七年所以能够集合这样伟大的力量,得到最后胜利,他的政权又一天巩固一天,其原因不但在于他的奋斗目的很对,他的奋斗方法能适应环境及多数派的先锋队能和工人阶级有很密切的关系;而且在于他同时又能够注意到农民的心理和利益,和农民联合起来共同去奋斗,这就是多数派的首领、全世界被压迫民族的解放者和无产阶级的指导者列宁同志指示给工人农民群众的一条很正大的道路。他在历史上的大功绩，一部分也就在乎此。"

中国千百年来都是农业大国，谁能解决农民问题，谁就能赢得最终胜利。如今，身在二十一世纪的我们，看遍历史风云，再看这个问题，好像很简单。然而，在大多数显贵轻贱农民、盘剥农民的民国中前期，在大多数革命者都认为只有依赖工人阶级先锋队才能夺取胜利的革命早期，谢文锦能清醒地认识到，列宁之所以能夺取政权，是因为他"同时又能够注意到农民的心理和利益，和农民联合起来共同去奋斗"，这是非常难得的。谢文锦的观点，非常通俗又非常深刻：谁能想着大多数，发动大多数，指挥大多数，谁就能成为最终的领导者。

在这篇长文的结尾，谢文锦写道："唉！列宁死了，而列宁的伟大事业还是继续地进行，不但共产党，就是工人和农民，俱将继续他的事业，为自己的自由及建设将来的共产主义社会而奋斗。"

"共产党""工人和农民"，准确地指出革命队伍的组成结构，领导者是共产党，成员主体是工人和农民。"为自己的自由及建设将来的共产主义而奋斗"，准确地指出革命的原动力和最终目标。要知道，文章写于1925年春天，中国共产党成立还不满四年。同年1月召开中共第四次全国代表大会时，全国仅有党员九百九十四名。而当时由党领导，由工人和农民、特别是由农民为主体的革命队伍，还没有诞生。在这样的背景下，谢文锦写出如此有前瞻性、预见性、指导性的文章，足以让理论工作者叹服。

《列宁与农民》一经发表，就引起广泛影响，赞赏这篇文章的人有很多。

有一个人，不仅推崇这部作品，而且还将这部作品当作教科书来看待，来使用，这个人就是毛泽东。一年之后，1926年5月3日，为迎接北伐战争，推动全国农民运动，在时任国民党中央农民部长林伯渠的倡议和支持下，广东继续开办农民运动讲习所，时为第六期，毛泽东任所长。谢文锦著作《列宁与农民》单行本，被选为教材。不仅如此，在任农民运动讲习所所长之后的第二年，即1927年，1月4日，毛泽东踏上考察湖南农民运动的征途。两个月后，3月5日，毛泽东发表《湖南农民运动考察报告》。

在中国所有领袖里，毛泽东最重视农民，也最善于发动农民，"农村包围城市"这一战略，让他笑到最后。

第三章
丹心碧血

1. 山中星火

"戴宝椿,年二十四岁,浙江温州人,曾毕业于浙江第十中学及法政学校,现任温州女师及高小的教务,又系永嘉县议员,很有我们主义的倾向,人极诚恳且富活动性,现在该县民校党部做事颇能负责。"

"陈济民,年二十四岁,浙江温州人,曾毕业于第十师校,现任该县第五高小的教务。性很率真,做事负责,对于主义虽未能十分了解,但实有十二分的倾向。"

这是1924年冬天,谢文锦致社

会主义青年团中央报告中的两段话，能看出其文风，简洁，准确，毫无旧式文人的酸腐之气，也没有机关文书的匠人之气。

文中"我们主义""主义"等写法，显然是出于保密需要而采取的对策，既能达到保密效果，又不影响团中央领导阅读，足见行文者的智慧。"率真""负责""未能十分了解""实有十二分的倾向"，用极俭省的文字，准确地给一位青年画像定性，足见行文者的功底。

然而，在前不久，谢文锦的语言风格可不是这样的。

"用三年时间，让浙南变天。"

1924年，谢文锦回到阔别五年的故乡。他的心中燃烧着一团火，恨不能瞬间点燃整个山乡，烧尽一切腐朽，焚毁一切恶势力。

"革命不能等，等不得，一等，时机就延误了。半年时间，我要把潘坑十八岁至四十岁的青壮年全部带出去，干什么？参加革命！一年时间，要把永嘉十八岁至四十岁的青壮年全部带出去，干什么？参加革命！两年时间，要把温州十八岁至四十岁的青壮年全部带出去，干什么？参加革命！三年，三年时间，你们再看，浙南的天空是红色的，浙南的土地是红色的，浙南的旗帜是红色的，浙南的队伍更是红色的！"

每次面对思想上有进步倾向的青壮年，谢文锦都会激情澎湃地向对方宣布自己的宏大目标，这项伟大规划，可用四个字作为标题：红染浙南。

在今人看来，这种狂热，这种理想，显然是不切实际的；也很难相信，这样的话出自学识渊博的革命者谢文锦之口。然而，这样的宣言，的的确确是谢文锦讲出的，而且，在不同时间不同场合，他讲过很多次。

这一年，谢文锦已经三十岁，到过许多大地方，历经许多大场面，经受许多曲折坎坷，人生阅历相当丰富，更何况，他还在莫斯科东方大学留学两年，知识体系和知识结构相对完整，能熟练掌握三国语言。按理说，他不应该如此不遵循规律，给自己制定如此高难的目标。

这要从他这些年的经历说起。在东方大学的两年,他系统学习了马克思理论,阅读了很多列宁著作。在他看来,走苏联社会主义道路是完全行得通的,在那种制度下,人民的人身安全和生活幸福是有保障的。苏俄人民的自由平等,中国人民的水深火热,两下里对照,更加深了他对中国现状的不满,加深了他对阶级压迫的厌恶,救民众于水火的愿望变得十分迫切。

国家被旧时代耽误太久了,早已病入膏肓,赶紧治疗,赶紧抢救,延误不得!

人民被旧时代伤害太久了,只能苟延残喘,赶紧唤醒,赶紧拯救,延误不得!

正因为上述原因,谢文锦才满怀希望,回家乡传播红色火种,并且坚信,只要能唤醒民众起来革命,三年内浙南大地一定会被共产党掌控。

还有一个原因,只有少数人知道,这少数人,包括他在岩头高小的知己同事,还有他的得意弟子金贯真、李得钊等人。在岩头高小"逐谢"风波中,正因为谢文锦善于发动多数人,所以才反败为胜,不但斗垮旧派势力,而且掌控了全局,当上校长。这样的经历,让谢文锦得出一个结论:只要目标正确,能够代表多数人,又能够发动多数人,那么,没有办不成的事业,没有达不成的目标。

这样的结论如果放在今天,只要是明白人,大多还会加上这样一条:在条件允许,也就是条件相对成熟的情况下。

别小看这四个字"条件允许",包含的内容却不少,比如思想基础,舆论支持,经济条件,队伍建设,后勤保障,善后准备等等。

然而,今天的我们,在审视这项带有明显缺陷的"红染浙南"宏大规划时,不但不会浅薄地嘲笑谢文锦的激进和失误,心头反而涌出深深的敬意。

盗火者、播火者之所以值得颂扬,正是因为在人间最黑暗的时候,正是因为在条件最不成熟的时候,他们敢于挺身而出,为了光明,为了真理,真正做到视死如归。如果等一切条件成熟,火种遍地,采集火种人人可为,唾手可得,那么,人类的词典上,哪里还需要"先驱""开拓""捐躯""英烈"这样的词汇?

时间前溯一年,1923年冬,留学生谢文锦从苏俄学成,回到祖国。其时,他的身份是共产国际代表、苏联顾问鲍罗廷的翻译;到达广州后,谢文锦还担任中共中央秘书。

担任鲍罗廷翻译的,都是非同一般的人物,其中就有大名鼎鼎的张太雷、瞿秋白等人,而谢文锦是鲍罗廷的首任翻译。

鲍罗廷,即米哈伊尔·马尔科维奇·鲍罗廷(1884—1951),苏联威特比斯克省人。1903年加入俄国社会民主工党(属布尔什维克),1906年当选为党的四大代表。此后几年,在美、英等地的俄国流亡者中间活动。十月革命后回到苏俄,在外交人民委员会工作。出席了共产国际一大和二大,并于1921年1月出任共产国际驻柏林特使。1923年5月,苏联政府派遣他任中国国民党的首席政治顾问。10月初,鲍罗廷到达广州,不久被孙中山聘任为国民党组织训练员,参与国民党改组和国民党组织法、党章、党纲等草案的起草工作。10月25日,孙中山在广州召集国民党改组会议,鲍罗廷就国民党改组问题和新制定的新章程草案作报告。会议聘任他为国民党中央执行委员会顾问。12月底,在国民党上海执委会第一次会议上,提出国民党改组的纲领草案。1924年1月,中国国民党第一次全国代表大会在广州举行,他参加了大会的领导工作,为促成国共合作起了重要作用。联俄、联共、扶助农工三大政策,即出台于本次大会。

谢文锦回浙南,肩负着重要使命:传播革命思想,发展中共党团员,筹建中共党组织。

谢文锦对浙南革命事业的一大贡献,是第一个把马克思列宁主义系统地传播到那里。

在温州期间,谢文锦探访工厂,走访学校,深入群众,以自己耳闻目睹的事实,在工人、学生、农民中生动地介绍十月革命的伟大胜利,宣讲马克思列宁主义,推进红色思潮。在永嘉城区(现温州市区)和楠溪,他采用探亲访友、开座谈会、大会演讲等多种形式,宣传中国共产党纲领,阐明孙中山联俄、联共、扶助农工三大政策,揭露封建军阀勾结帝国主义残害人民的罪恶行径。他指出,只有彻底推翻一切反动统治,中国人民才能获得新生,中国才有前途和希望。

谢文锦对浙南革命事业的另一大贡献,是创建了浙南地区最早的党组织——中共温州独立支部,培养了一批优秀干部。

在宣传马列主义的同时,谢文锦稳步推进我党地方组织工作。出国留学前的教书经历告诉他,有知识、明事理的进步青年,很有可能成为共产党未来事业的中坚力量。在对相关进步青年作深入了解和考察后,他和对方亲切交谈,启发他们觉醒觉悟,进而鼓励他们加入能拯救中国命运的先锋队。至1924年年底,他先后发展郑恻尘、胡识因、金贯真、李得钊等十多人加入中国共产党和社会主义青年团,并创建了浙南地区最早的党组织——中共温州独立支部。

郑恻尘(1888—1927),浙江永嘉人,生于富裕家庭。先后求学于浙江省立第十中学、杭州王氏工艺讲习所。1910年回温州创办振亚肥皂公司。1911年武昌起义,赴湖北投考革命军,编在入伍生队上前线作战。1912年进湖北军官学校学习,三年后因不满校内派系倾轧、追求高官厚禄恶俗风气,虽临近毕业仍愤然退学。1919年投身五四运动,呼吁各界支持学生游行示威,组织领导工人商人罢工罢市。为抵制日货,他致力于实业救国,发明机织花席技术,首创中一花席厂,自任总技师,成为当时温州第一大厂,花席远销北京、上海、南洋群岛,夺回被日本独占的花席市场。其后,内乱外患的现实使他认识到实业救国行不通,1924年冬在谢文锦启发下接受新思想,加入中国共产党。同年12月参与建立中共温州独立支部。1925年春,中共温州独立支部派他筹建国民党永嘉县党部,其当选为县党部执行委员会委员。1927年2月调杭州,任国民党浙江省党部商民部长兼杭州民众大会筹备委员会主任。同年4月11日，反动军警包围其住处杭州市忠孝巷12号，他为掩护战友脱险被捕。1927年7月29日凌晨，被秘密杀害在杭州浙江陆军监狱刑场。

胡识因（1893—1974），女，浙江永嘉人，原名世英，郑恻尘的妻子，生于农民家庭。1900年全家迁住温州，先后在温州艺文女学、大同女学读书。1909年考入杭州女子工艺师范学校。1910年入上海女子体操学校。毕业后在杭州、镇海、孝丰等地女学任教。1920年回温州创办私立新民小学，任校长，并在女子师范兼课。1924年冬，胡识因、郑恻尘由谢文锦介绍加入中国共产党。同年12月中共温州独立支部在新民小学成立，胡任书记。1925年元旦在七星殿巷女师礼堂召开温州国民会议女界促成会成立大会，被选为干事会负责人。当月以个人身份加入国民党，在中共温州独立支部成员帮助下，4月建立国民党永嘉县党部。1926年1月作为浙江省四位代表之一，参加在广州召开的中国国民党第二次全国代表大会。此次大会代表中共产党和国民党左派占很大比例。6月调任省党部妇女部长。6月20日晚，孙传芳部军警查封省党部办公处，胡识因等人被扣押，经温州同乡会具保，7月20日获释。北伐军光复杭州后，担任省党部执委兼妇女部长和中共浙江省妇运委员会主席，创办《浙江妇女》半月刊。1927年4月11日，反动军警包围其住处，胡识因和其他几位同志从边门逃脱，郑恻尘被捕遇害。同年10月赴苏联中山大学学习。1929年秋回国，在上海杨树浦办工人夜校，领导工运。中国工农红军第十三军组建后，胡识因、庄竞秋担任红十三军驻沪联络员。1933年9月胡公冕在上海被捕，后关押于南京，身患重病。胡识因赶往南京，胡公冕将五岁的儿子托其抚养，遂在南京居住。1936年8月到上海在肇和中学任教。1938年8月回永嘉任岩头小学校长。抗战胜利后到上海，先后担任肇和、崇农小学校长。1948年回温州。1949年9月人民政府委派其担任温州第八小学校长，后改任水光小学校长。1954年退休。1956年当选温州市首届政协委员。1958年被错划为右派。1974年病逝。1979年恢复名誉。

创建温州独立支部之后，谢文锦回到上海。在1925年1月至1926年6月一年半时间内，他七次致信温州独立支部，布置工作任务，通报国际国内形势。此外，他还多次通过温州开上海轮船的茶房员工，捎去党的文件、革命传单和进步书刊。

温州独立支部成立后，积极宣传马列主义，广泛开展学生和工农运动，与国民党右派进行了一系列斗争。至1926年底，浙南地区党团员已发展到六十余人，有力地推动了该地区革命形势的发展。1927年2月15日至16日，温州独立支部先后组织召开欢迎北伐军大会、各界军民联欢大会，两会均有万余人参加。数日后北伐军经乐清北上。4月12日，蒋介石发动反革命政变。继宁波、杭州之后，国民党右派开始"清党"，温州独立支部遭破坏。然而，革命的火种自始至终未曾熄灭。浙南人民在党的领导下，经过艰苦卓绝的斗争，使浙南地区成长为中国革命在南方的一个战略支点，以及新四军的策源地之一。二十余年后，中国人民解放军主力渡江南进，浙南人民依靠自己的武装力量解放温州全境，即为最好的证明。

中共温州独立支部旧址，本在温州市侯衙巷新民小学内，系砖木结构的三间房，前临池塘。"文化大革命"期间被拆除。2007年中共温州市委、市政府在遗址附近的壬子巷和大高桥交叉口，新建中共温州独立支部纪念亭，为正四角形仿古式。现为温州市文物保护单位。

2. 台前真理

今天只讲一个问题，妇女平等。

在座的诸位，大多是男人，可能对这个问题不太认同，认为是小题大做。其实不然，没有妇女平等，妇女自由，妇女地位就无从谈起，而妇女地位问题不是件小事，关乎国运，关乎民族，关乎存亡。

这不是危言耸听，这已是历史证明了的。在整个封建时代，妇女地位是很低。然而,就算是在封建时代,各朝各代妇女地位是不一样的,有高有低。相应地,妇女地位高的朝代,必然是强盛的朝代,妇女地位低的朝代,必然是衰弱的朝代。

诸位若是不信,且听例举证明。

请问诸位,我国封建时代,哪个朝代最为强盛?对,当然是唐代,尤其是盛唐。盛唐时期,其优点很多,今天只讲妇女地位。没错,盛唐时期,也是封建时代妇女地位最高的时期。别的不说,武则天就是女人,但她居然能和男人平起平坐,还坐上了皇位,坐得四平八稳,稳如泰山。这在其他朝代,是不可想象的。而且,大家也知道,整个封建朝代,真正登上皇位做皇帝的女人,仅有一个,就是唐朝的武则天。武则天之后,其他朝代也有女人掌权,有的还权力很大,甚至超过皇帝,比如垂帘听政的慈禧太后。然而,武则天之后,就再也没有任何一个女子能正式登上皇位。慈禧太后掌权的时代,全中国仅有她这个女人是自由的;可笑的是,劳苦大众却处在水深火热之中,其中命运最苦的,莫过于妇女。

回到妇女平等这个问题上来,人人爱自由,人人爱平等,妇女也是人,当然也不例外。然而,最难获得自由平等的,就是妇女。封建社会,讲究的是三纲五常,妇女没有任何地位可言,这是很可怕的。因为妇女,其实就是母亲,母亲不解放,母亲不平等,母亲不自由,何来身体强健、思想上进、智慧超群的子孙?没有身体强健、思想上进、智慧超群的子孙,何来民族兴旺,国家强大?

妇女平等既然这么重要,那么这个问题解决起来,容易不容易呢?一点也不,困难重重,非常困难。

就拿一个人尽皆知的事实来说吧,妇女缠足,也就是裹脚,这就是个恶习,极坏的陋习。说到这里,有些年纪大的先生可能不高兴,说不就是缠足吗,裹了脚女人呆在家里,关你何事?我要说了,先生,你说的不对。女人缠足,害处太大,长此以往,祸端无穷。"小脚一双,眼泪一缸",缠足对女童身体的戕害,人尽皆知,这里就不说了。只说大的方面。妇女缠足,大危害有三。

一是不让妇女跑，有难无处逃。八国联军刚打来，慈禧太后就慌不择路，一气跑到西安。等等，她能跑吗？不能，他是坐轿子逃跑的。寻常百姓，普通妇女，大难临头了，哪里坐得起轿子？再说大难临头，哪里雇得到轿子？一旦国难当头，男人要去打仗，要去运送粮草。妇女在家，要照看孩子，照顾老人，还要种田打粮食。照顾孩子也就罢了，小脚还能对付，种田打粮食，小脚干得了吗？干得过别人吗？这还不是最坏的，大难临头，要逃难，小脚怎么跑？她一个人都跑不起来，如何能抱着孩子、背着孩子跑？母亲跑不了，孩子怎么能躲过劫难？仅从这一点上讲，缠足就是极坏的陋习。

二是整天呆在家，聪明变傻瓜。

人活在世上，就要见世面，长见识。然而，裹了脚，跑不动，走不开，只能呆在家里，闭目塞听，如同井底之蛙，如何能长见识？国家大力倡导，举办新式学堂，各地纷纷开辟女子学校、女子师范，这么好的学校办起来了，女子当然盼着能进去读书。问题是，缠足女子走路不便，如何能去上学？即便入学，体育课如何上得了？

三是种族倒退，民族衰微。

缠足女童从小受裹脚伤害，其创痛比刑罚更甚。女童每天生活在痛苦恐惧中，久而久之，心性会改变，认为父母不慈爱，太冷酷。然而等其长大，又把这份伤害强加在自己的女儿身上。一代一代痛苦轮回，会让人麻木。心性麻木的母亲，如何能生出优秀的儿女？再者，儿女需要母亲照顾看护，小脚母亲不能快步行走，也不能长久站立。照看孩子时，多数时候只能将孩子圈禁起来。能躺着就不让坐着，能坐着就不让站着，能站着就不让跑着。这样的孩子，体质如何强得过洋人？这样的孩子，精神上如何不迟钝？长此以往，种族如何不倒退？民族如何不衰微？洋鬼子嘲笑我们是东亚病夫，一方面是由于很多人吸食鸦片，另一方面，这与清朝妇女普遍缠足也有很大关系。

既然缠足危害如此之大，那么，为何至今屡禁不绝？早在二十六年前，也就是光绪二十四年，光绪皇帝就谕令各省禁止妇女缠足；民国元年,孙中山又命令禁止妇女缠足。然而时至今日,仍然有人家给女儿缠足,以前缠的,至今不肯放足。既然缠足有害,放足有益,民众为何不遵从政府法令?这是什么道理?这是由什么原因造成?陋习相沿,让人麻木;旧风相沿,让人顽固。

一是男人封建思想作祟,把妇女禁锢在家中,以符合"三从四德"的礼教。《改良女儿经》中说:"为什事,裹了足?不因好看如弓曲。恐她轻走出房门,千缠万裹来拘束。"

二是上行下效,皇帝和贵族作出了坏的榜样。缠足据说起源于那位吟唱"春花秋月何时了"的南唐后主李煜,嫔妃们用布把脚缠成新月形,在用黄金做成的莲花上跳舞。荒唐的李后主认为这是人间至美,女性至美。于是后宫中就开始缠足。上有所好,下必甚焉,皇上的陋习都是好的,上层的病态都是美的。缠足陋习由此流传到民间,蔓延成灾。现在皇上虽然倒台了,南唐皇上传下的恶习,却保留到今天,一时还革除不了。

三是封建士大夫病态的审美观造成的,也是上层人物在作怪。封建文人士大夫视女人如玩物,病态审美,赏玩小脚成为癖好。这样的癖好岂不恶心?专以恶习为赏心乐事,这样的民族岂能强盛?

前面我讲到,陋习相沿,让人麻木,旧风相沿,让人顽固。

正因如此,妇女平等决不是一件容易的事,更不是一朝一夕的事。然而,无论多难,也要施行,无论多久,也要坚持。这是因为,妇女平等是全国的大事,关乎民族兴亡。

俗话说,阿爸笨,笨一个;阿妈笨,笨一窝。因此讲,妇女平等,无论是针对家庭而言,还是针对民族而言,都是大事,更是天下大势,势在必行。阿妈懂道理,民族世无敌。孟母三迁,岳母刺字,就是最好的证明。因此讲,妇女平等是大事,更是大势所趋,势在必行。

最后,我要讲,妇女平等,就是民族平等!妇女解放,就是民族解放!妇女进步,就是民族进步!妇女胜利,就是民族胜利!

这是谢文锦在1924年发表的一次演讲，主题是妇女平等。二十世纪二十年代，谢文锦在各种场合多次发表演讲，讲得最多的是《妇女平等》《要革命组织，不要梁山队伍》和《俄国之现状》。

数年之后，1929年，蒋介石、宋美龄接受外电访问，并拍摄了影像资料。其时，北伐战争已经结束，蒋介石顺利坐上国民政府主席之位，心情很好。他用浓重的宁波口音，重申要继承孙中山遗志。随后，其夫人宋美龄用流利的英语，申诉新时代女性权益。

又过许多年，人类进入新纪元，这段影像，这段往事，出现在无数手机视频中。无数人看到，宋美龄说英语卡壳时，和夫君蒋介石相视一笑。现代人给她的评价是"萌翻了"。只是，当时作为第一夫人的她，可曾知道，两年前，首都南京，一位极力鼓吹妇女平等、铁了心要为最底层人民谋福利的斗士，被她夫君的手下抓获，受尽种种酷刑，最后在其夫君授意之下，以见不得天日的方式处死。

谢文锦关于妇女平等的首次讲演，地点居然是在浙江省立第十中学，也就是早年将他开除出去的那所学校。富有戏剧性的是，十四年之后，学校以这位叛逆学生为荣。1925年编印的《浙江十中校刊》曾刊载《谢絜霞先生讲演之概略》一文："甲子岁三月初二日晚八时，本校教育留俄东方大学归国之谢絜霞先生，莅校讲演。"公历时间为1924年4月5日，清明节。谢文锦，字絜霞。对成年男子不直呼其名，称其表字以示尊重，是旧时礼仪。

关于谢文锦回浙南发展党组织的具体时间，有两种说法。

一种说法是春天，因为十中校刊明确记载"甲子岁三月初二日晚八时"谢文锦发表演讲。重点学校每日都有专人值守，记录要事，这个时间应是不会错的。

另一种说法是，谢文锦于当年秋天到家乡发展党组织。这种说法目前被许多党史研究文章采信沿用。

其实，这两种说法并不矛盾。谢文锦回温州城的时间，应当是1924年春天。因为，上年冬天，他娶了第二房妻子汪味辛，随后，在温州东门为汪味辛买了三间房,将汪和其母胡氏安顿下来。

经谢文锦介绍首批加入我党团组织的,都是知识分子和社会精英,并不是农民,因此,一开始他在城里活动,也是工作的需要。比如戴宝椿,在县民校党部工作,陈济民,在县第五高小工作。

此外,也有家庭方面的原因。谢文锦在外再娶,属于自由恋爱,谢氏族人毫不知情。他找的是有一双健康大脚的中学生,而他的老家中,有一位裹脚的老母亲,还有一个放大脚的妻子,两人都不识字。他贸然带汪味辛回去,可能会生口舌,引起家庭不和。这是可以理解的。

谢文锦1924年秋天回到山乡农村,是带着革命任务去的,汪味辛没有跟随。按照谢文锦的宏大蓝图,三年要让浙南染红,必须让青壮年踊跃参加革命队伍,因此他不得不深入农村。遗憾的是,当时中国农民普遍是文盲,不了解共产主义,也不知道十月革命,大多人只顾埋头土里刨食,不想也不敢闹革命。谢文锦这个过于激进的理想,注定不能实现。

所谓榜样的人格力量,所谓才华的震慑力量,都是极其有限的,而且,只能在小范围内、短时间内有效。

仔细读一读《红楼梦》,就能得到启示,也能印证这个观点。

贾府中,大观园里,最高洁的莫过于林妹妹,才华最高的莫过于林妹妹,其人格影响力,的确感染、带动了周围一批人。她身后随从有十数人,而作为女诗人的她,从未想过要用规矩约束部下,也从未用条条框框束缚部下,其部下却无一人有任何污点,全都手脚干净,心灵纯洁,不沾是非。而其他小团体,都没有如此纯洁的队伍。

由此,我们可以得出这样的结论:小团体、短周期,头领魅力超群,其人格影响力可能会起到关键作用,乃至决定作用。人数一多,周期一长,这个规律就会打破。

试想,若是让林妹妹管理一百人、几百人的队伍,单靠林妹妹的人格影响力,还能保证整支队伍的团结和纯洁吗?不能。而我们的共产主义队伍,将来要有十万、百万、千万人,这样的队伍,不能靠一个人、两个人的威望和魅力来维系。不能靠,也靠不住。

那么,要靠什么呢?只能靠思想教育、制度约束和奖赏激励。

这是谢文锦的一次小型演讲,观众只有十几个人。时间是1924年冬天。他介绍戴宝椿等八人加入社会主义青年团,在团中央指示下达前,暂时指定戴宝椿任书记。当时,戴宝椿说,谢文锦从苏联社会主义国家学成归来,理论强,威望高,一切都听他的。谢文锦认为这种说法不利于组织建设,于是对戴宝椿一干人说了这番话。

梁山好汉厉害不厉害?厉害。梁山好汉能够撑多久?撑不了多久,很快就会土崩瓦解。

我有一个观点:无论梁山好汉本事多大,怎么占尽天时地利,其结果注定是失败,绝对赢不了天下。

为什么这样说呢?因为,他们无法占据决定因素"人和"。

一开始,英雄好汉是团结一致的,在其内部也有过短暂的"人和"期。而从一百单八将排定座次开始,从一百单八将上应三十六天罡星、七十二地煞星开始,梁山的未来已清晰可见,只能是一潭死水,要么干涸,要么成为臭水沟。

这是因为,这样的座次排序,已将梁山之外的所有英才,统统排斥在外,外界的豪杰,本事再大,威望再高,也无法进入一百单八英名录。

即便在一百单八将内部,也是等级森严。天罡星,其地位注定高于地煞星;名次高的,其身份注定高于名次低的。尤其致命的是,这是终身制,排名靠后的英雄豪杰,永无出头之日。

退一步说,即便一百单八将人人无私心杂念,始终戮力同心,其覆灭的命运也是不可逆转的。顶多二三十年,将军们都会老去,精力不济,臂力衰减,神勇不再,而年轻的下层军官,由于绝无可能进入天罡、地煞英名录,也失去奋不顾身、视死如归的动力。

这下答案有了:梁山小王国,即便不死于官兵围剿,也会死于岁月催逼。

因此,要想干成大事,绝对不能靠拜把子、排座次这样的江湖把戏,要有理想,有理论,有队伍,更要有规矩。

同样是1924年冬天,谢文锦在家乡创建社会主义青年团温州特别支部。当时有人提及,十一年前在浙江一师读书时,谢文锦和同校的胡公冕,还有浙江法政学校陈叔平、浙江讲武堂金守仁等十人结为金兰兄弟。他们也要效仿结拜,兄弟同心,其利断金。当时,谢文锦笑着说:"那时候年轻,不懂事。如今看来,实在是太幼稚。义结金兰这种方式,对于革命事业,没有任何好处,只有坏处。"随后,他发表了以上那段演说。

谢文锦口才很好,这是公认的。由中共中央党史研究室编辑,1984年7月1日刊行的《革命烈士传通讯》,载有《谢文锦——早期革命活动家》一文,文中写道:"他在永嘉城区(现温州市区)和楠溪,采用探亲访友、开座谈会、大会演讲等各种形式,宣传中国共产党的纲领和阐明孙中山联俄、联共、扶助农工的政策;揭露、痛斥封建军阀勾结帝国主义的罪恶行径,指出只有彻底推翻他们的统治,中国人民才能获得新生。他的讲话生动有力,精辟深刻,态度亲切,吸引了许多听众。"

生动有力、精辟深刻、态度亲切,用这几个词来评价谢文锦的演说,是客观的,也是准确的。

谢文锦讲得最多的,要数《俄国之现状》,因为他从苏俄留学归来,人们出于好奇,希望了解外国的情况。谢文锦出于革命目的,也希望人们了解苏俄的种种先进之处,希望中国早日走上社会主义道路。

其实,谢文锦留学苏俄期间,正值苏联第一次大饥荒,饿死许多人。萧三《岁月消磨不来的记忆》开头第一节就写到，他进入苏俄国境的第一站，吃了一顿饭，一碗汤和一块面包。汤是一盆白水加几块咸鱼，面包是黑面包，居然要用斧子才能劈开，里面还有草。然而，萧三接着写道："即使这样，无数革命者仍然争相前往莫斯科，学习十月革命的经验，探求马列主义真理。"

谢文锦的心情也是如此。在回国后的演讲中，他都是极力宣传苏俄好的一面，进步的一面，比如穷人翻身、平等自由、孩子人人能上学等等。然后他说："比照中国，可知我国之落后。四海无闲田，农夫犹饿死。我国地大物博，土地那么多，人民那么勤快，既然四海无闲田，农夫实在不该活活饿死。还有，我国是世界皆知的文明古国，既然是文明古国，首先要讲文明，不能把愚昧当法宝。君要臣死臣不得不死、父要子亡子不得不亡等荒唐思想，妻离子散、卖儿卖女等悲惨景象，强取豪夺、砍头示众等残暴之举，实在不该出现在这片文明古国的土地上。"他进一步分析说，造成中国愚昧落后现状的，古有封建主义，今有帝国主义。最后，他的结论是："反动势力是不会跟你讲道理的，骑在人民头上的人，能指望他和你讲道理？只有把骑在人民头上的反动派，奋力摔在地上，再乱脚踩死，人民才能真正翻身，才能从此当家做主人。如今，苏俄人民在共产党的领导下，已成功走上社会主义光辉道路。中国人民要翻身，要走上自由幸福之路，就必须打倒封建势力！打倒帝国主义！打倒一切反动势力！"

在那样的时代，在急于让星火燎原的革命者心目中，苏俄的社会主义道路，是诱人的圣境，处处闪耀着光芒。因此，谢文锦不讲苏俄大饥荒，也不讲苏俄任何缺点，只讲苏俄的成功经验和主要优点，是完全可以理解的。

其实，早在莫斯科东方大学留学期间，同学们就知道谢文锦有口才。比如，为了说服诗人萧三，不宜用雅言翻译《光明赞》，而宜用最通俗、最简洁的大众语言来翻译。当时他说了这样一段话。

鼓动群众，最简单可行的方法是喊口号。比如最能鼓动农民的"均田地"，比如黄巾军的"苍天已死，黄天当立；岁在甲子，天下大吉"，比如黄巢的"天补均平"，比如钟相、杨么的"等贵贱，均贫富"，比如红巾军的"石人一只眼，挑动黄河天下反"，比如李自成的"均田免粮""盼闯王，迎闯王，闯王来了不纳粮"，比如太平天国的"有田同耕，有饭同食，有钱同使，无处不均匀，无人不饱暖"，比如同盟会的"驱除鞑虏，恢复中华，建立民国，平均地权"。这些口号，能鼓动人心，鼓舞斗志，让人民大众心甘情愿跟着干。

鼓动知识精英，最简单可行的方法是发表理论文章，比如古代的《代李敬业讨武曌檄》，其中的名句"一抔之土未干，六尺之孤何托"，连讨伐对象武则天都叹服惊呼；"请看今日之域中，竟是谁家之天下"更是让人激愤难平，恨不得马上投入战斗。再如梁启超的《新民说》，让无数有志之士幡然醒悟，热血沸腾，包括我自己在内。还有现在的《共产党宣言》，我们这些人，不都是受马克思的影响，被他的主义召唤着，从而走到一起的吗？

鼓舞战士，最简单可行的方法是歌唱，高唱战歌。举一个反面的例子，足以说明问题。楚汉相争，四面楚歌。怎么样？让楚霸王大惊失色，部队战斗力严重下降。这就是楚霸王的缺憾了，他没有自己的歌，没有可以鼓舞士气的战歌。当时，如果有一首战歌可以反击，那该多好。哪怕是几句打油诗，只要内容有力，唱起来有劲，就能起到重大作用。四面楚歌刚起时，楚霸王这一方，应该马上高唱自己的战斗歌曲，把敌人的声音压下去。比方说，"跟着霸王走，斩得汉王头！跟着霸王走，明日万户侯！"一声高过一声，一浪高过一浪。想想看，楚霸王这一方，该是什么样的势头？

3. 海上风云

"姓名？"

"胡文从。"

"怎么写?"

"古月胡,文人的文,跟从的从。"

"文人的文? 文人有这么大胆子?"对方冷笑,"哪里人?"

"浙江省永嘉县。"

"哦,浙江人,应该是,是浙江口音。以前是什么职业?"

"以前? 只有一个职业,高等小学教员。"谢文锦的回答,虚虚实实。

"不,"对方再次冷笑,"你现在的职业是共党!"

"共党? 这也算职业? 这哪算职业?"谢文锦微笑了,"干那个能吃饱饭? 才不呢! 命都保不住。"

这是1926年5月1日,谢文锦有生以来第一次被捕,逮捕他的,并不是国民政府,而是地方军阀。

从中华民国成立直至北伐战争结束,即1912年至1928年,中国政局动荡不安,社会秩序极为混乱,各路军阀互不相让,称雄一方尚心有不甘,都想扫荡六合,一统天下。既然是军阀,毫无疑问都是一方霸主,在各自的"独立王国",都是实打实的既得利益者,财力最雄,地位最高。正因为这一点,所有军阀在防"赤化"方面,立场出奇的一致,配合惊人的默契。原因何在? 很简单,共产党要让全中国的穷苦人民翻身,而穷人一旦翻身,就意味着既得利益者不仅会失去手中的蛋糕和头上的冠冕,而且会失去自由,其中元凶级别的人物,还会丢掉性命——人民饶不了他,饶了这样的魔王,天理何在? 因此,别看军阀之间争得不可开交,斗得你死我活,战火熊熊不灭,但在消灭进步力量这个问题上,毫不含糊,人人都是刽子手,个个耍得断魂刀。

比如大军阀吴佩孚,镇压京汉工人大罢工,双手沾满工人鲜血,对南方革命政权满怀敌意,公然叫嚣"先扑灭北方之赤化,然后扑灭广东之赤化",明目张胆地宣称,要"武力统一"中国。

又如大军阀段祺瑞,1926年3月18日发生的镇压北京学生运动的三一八惨案，就由他一手策划。

再如大军阀孙传芳，1924年江浙战争爆发后占据浙江；1925年驱逐苏皖等地奉系势力，在南京宣布成立浙、闽、苏、皖、赣五省联军，任五省联军总司令，号称"东南王"。1926年12月，中共苏州独立支部书记汪伯乐即被孙传芳秘密杀害于南京。

也就是说，无论是民国政权的当权者，还是割据称霸的军阀，都不愿看到穷人将来一朝翻身，因此都视共产党人为眼中钉。共产党人一旦落入这些人手中，往往凶多吉少。

谢文锦在上海曹家渡召开会议时，不幸被捕下狱。从他刚进去开始，对他的审讯就未曾停止。敌人能看出，这是个知识分子，如果是"赤匪"，说不准是个大人物，撬开他的嘴，说不定能挖出一大帮，甚至会捞到更大的鱼。到那时，赏金就会滚滚而来，想不发财都难。

出人意料，敌人对谢文锦并未动用酷刑。

一开始是舍不得打，怕把他身体打坏了。知识分子不禁打，打死了不划算，死人是不会开口的。如果他不开口，无法明确身份，打手就无法得到赏金。如果他不招出同伙，打手功劳不大，就无法得到数额更大的赏金。凡是心甘情愿充当鹰犬的，整天所想的就是好处，谁会跟赏金作对呢？因此，不是舍不得谢文锦这个人，而是舍不得钱。

后来是不敢打。从谢文锦的回答中，对手得知，这个知识分子，家里有肥油，外面有人手，还是客气些为妙。

当然，起初敌人的判断是，这个人一定是"赤匪"，一定不能放过他。于是，就有了一轮又一轮审问。

最后出场的，是个被称为"军曹"的官员。刚听到这个名称，谢文锦就判定，百分之百是化名，就像1921年他和刘少奇等人去莫斯科东方大学留学那样，旅途中人人有化名。这个所谓的军曹，大概也知道自己的所作所为伤天害理，虽说目前属于当政者，手中不仅握着权柄，还握着屠刀，但还是害怕有人复仇，更怕压顶乌云散尽，迎来秋后算账。

"姓名？"

"胡文从，古月胡，文人的文，跟从的从。"这样的程序，又来一遍。

军曹翻了翻以前的笔录，笑眯眯问道："你说你是小学教员？你在哪座学校高就？"

"浙江永嘉县枫林高等小学，枫林，就是'停车坐爱枫林晚'那个枫林，是个古镇。"谢文锦回答。之所以化名胡文从，他是经过考虑的，他的好友，同为革命者的胡公冕，字昭从。昭从，文从，战友就是亲兄弟。胡公冕的姑父是浙江名人徐定超，老家枫林。必要时候，可以把徐定超抬出来。徐定超跟谢文锦也有亲戚关系，但表叔到底没有姑父关系近。

"有人说，你可能是赤匪；我们怀疑，你就是赤匪。对此，你有何辩解？"军曹不再笑，阴沉沉地问。

"辩解？"谢文锦居然笑了，"我忙着呢，辩解不过来。"

"你很忙？辩解不过来？"

"之前有人说，我是枫林镇御史府的后人，是少爷，钱多得很。可是我有钱吗？对此我需要辩解吗？"

"谁知道你有没有钱。"军曹冷笑一声，"有些人很穷，偏偏装阔少；有些人很富，偏偏会哭穷。"

"还有人说，我是揣着钱来上海找小老婆的。"听口气，谢文锦好像很委屈，"我是来找小老婆的吗？对此我需要辩解吗？"

他这些话，让军曹有些摸不着头脑。军曹暂且不理他，皱着眉，侧着头，仔细想了想，初步得出结论：眼前这个人，显然是个读书人，知识分子。他如果不是富家子弟，就是个掩藏很深，心机很深的赤匪。军曹问："一个小学教员，在那样一个场合出现，你不觉得奇怪吗？"

仿佛在模仿对方，谢文锦也皱着眉，侧着头："奇怪？一点也不奇怪。"

"难道你不知道,那是个很值得怀疑的现场吗?"军曹盯着他,"瞎子都能看出,那是一小撮人在搞集会。有人检举,那是一帮赤化倾向很明显的人。"

"我到过那里,我就是赤化分子?"谢文锦有些吃惊,"这位长官,你这话,很没道理呀。"

军曹说:"很没道理? 怎么没道理?"

谢文锦的神情有些滑稽:"照你这么说,要是小孩子去午门外的杀人场,凑热闹,看刽子手杀人,小孩在杀人现场,小孩就是刽子手?"

很显然,军曹感到这样的说法比较出奇,算得上有趣,并不生气,姑且听他说下去。

谢文锦又说:"还有,若是太监去烟花巷找人,他在现场,你能说他逛窑子?"

军曹没有笑出来,但嘴角上翘,眉梢上扬,显然是想笑:"你是说,你在现场,可能只是去找人?"

"什么可能是? 就是去找人。那里人多,而且,有人懂外语。我在枫林高小,就是教外语。"说到这里,谢文锦流利自如地说了几句英语,语速很快,解释说,"我来翻译一下,说的是——首长,谁不想捧个好饭碗? 最好不过金饭碗,打不烂,又值钱。"

军曹的目光里,流露出惊奇:"你外语这么好,怎么会在一个穷山沟教书?"

谢文锦叹了口气:"所以我才来这里,我也不甘心。"

"不甘心?"这个话题军曹比较感兴趣,这世间不甘心的人占多数,"哪里不甘心?"

"是的,不甘心。"谢文锦有条不紊讲下去,"不是我吹牛,我在师范时,外语就很好。本来,毕业后可以留在杭城教书,那可是好地方,上有天堂,下有苏杭。我姑父也答应了。我姑父是徐定超,不知你听说过没有,在我们浙江很有名的。他是光绪进士,做过前朝御史、浙江教务长;中华民国建立后,还当过温州都督。总之是很有名的一个人。民国五年秋天,我姑母过生日,黎元洪总统还送了贺礼,亲手写了匾额,四个字,相敬如宾,送给我姑父、姑母。"谢文锦看看对方,再次叹息:"要是他在的话就好了。他当浙江教务长时,我去读师范,就是指望在杭城当个教员。要不,我就去读中学、大学了。可惜他不在了,没人帮我说话。你或许不知道,师范生,只能任教小学,这是规定,随你才华多高。"

军曹问:"你才华很高? 你来上海,想找什么人,举荐你做什么职业?"

谢文锦告诉对方,想到洋行当个翻译。薪水高,又体面,而且这活计不苦,有时候很清闲。

"那你出现在那样的现场……"军曹并没有说下去。

谢文锦说,很简单,像洋行翻译这样的职位,需要人举荐,最好是既懂外语又懂行。顿了顿,他又淡淡说,没有人帮衬,干什么都难,谋个好职位更难,要不就得送礼,送厚礼。

军曹看看他,觉得这些话,很像是自视甚高的书生的内心话。

谢文锦话匣子打开,显得有些唠叨:"要是在北京,在洋行谋个职位倒是不难,就是太远了,不方便。上海就很好,从温州坐海轮,能够直达。"

"在北京谋职,反而容易?"对方表示怀疑。

"是啊,有人举荐。我姑父不在了,他儿子在的呀,我三表兄在北京。"

"他叫什么?"军曹好像挺感兴趣。

"徐象先,我叫他慕初哥,他表字慕初。以前在邮传部当主事,现在是国会议员。他已经是第二次当选国会议员了。"

"邮传部主事? 他以前干这个?"军曹问,"你怎么不让他举荐你也干这行?"

谢文锦说,北京太远,家里有老母亲需要照应。而且,那种行业,刚进去都是低职位,活计苦,不够体面,薪水也比洋行少多了。

军曹想了想："这都是你的一面之词，这么远，怎么查证？"

谢文锦说："那你说我是赤化分子，也是一面之词呀。"

军曹说，那不同的，在现场抓住的，不是凭谁嘴上说的。

谢文锦又搬出那套理论——在烟花巷现场抓住太监，能证明太监逛窑子？

军曹说："太监逛窑子，没那份能耐。你搞赤化，有这份能耐。有知识，有水平，说起来一套一套的，搞赤化宣传，是合适人选。"

谢文锦又低头叹息："我没有那番胆气，光是听听，都胆寒。不怕别的，就担心我们家那些老祖产。还有我表兄家，真要闹起共产来，他们家那么多田亩，那么多房子，可怎么办？"

军曹假意皱眉说："你是说，害怕穷人分你家财产？你们家，家产很多吗？"

谢文锦说："田亩倒是不多，有一家药店，开了好多年了。"

军曹若有所思，沉默一阵，才问："你来上海，是一个人？"

谢文锦说不是一个人，是两个人。军曹问还有一个是谁。谢文锦说，是他老婆。军曹说："你来找差事，还带着老婆？要是找不到差事，花费岂不是很大？像上海滩这样的地方，花销很大的。"

谢文锦有些尴尬，苦笑了一下才说，是小老婆。

军曹略微一怔，继而露出释然的样子："你不回家，她找不到你，会不会很着急？"

谢文锦说，那当然，不过就算再着急，也没有办法，她识字不多，没有主见。

"也就是说，她其实是识字的？"军曹内心已有了主意，既然拘了几天，审了多次，都问不出什么值钱的东西，还不如看看这人本身值不值钱。再说，替那些杀人魔王当杀生害命的屠刀，自己何尝分到过一块肥肉？通常也就是抓一把又臭又扎手的猪毛，能分得一碗猪血炖菜、下粉条，就算不错了。

军曹说："假设，只是假设啊，现在让你写一封信，派人送给你那，那什么，家里的。"

谢文锦说:"小老婆，就说小老婆，喊起来方便。"

军曹感到好笑，心里说，如果这人是共党，那么这家伙也太放得开了。他问:"假设让你写封信，给你小老婆，让她来赎你，她会来吗?"

谢文锦有些吃惊:"放我走? 真放我走?"

军曹说:"怎么，你想留在这里?"

"不是不是，鬼才想呆在这里，担惊受怕，伙食又差。"谢文锦说,"那我来写信，现在就写。"

"难道你不想问问，要准备多少赎金吗?"

谢文锦愣了一下，有些犯难:"不在我老家，筹钱有些困难。 这样，我在信上写明，留下八块大洋吃饭，其余都拿来，有多少拿多少。"

军曹冷笑一声:"要是总共只有十二块呢? 还要留下八块，你小老婆手心托着四块钱，大摇大摆来赎人?"

谢文锦表情严肃地说:"长官你放心，我这次来，打定主意要在洋行谋职，别的不讲，总得带上请客吃饭的钱。 再多也不敢讲，百十块现洋总是有的。"

军曹想了想，不再说什么，找来纸笔摊在谢文锦面前。

谢文锦右手按住纸张，压低声音说:"长官，如果你信得过，不用这么麻烦，派一两个得力的跟着我回去……"

审讯室内，除了谢文锦，连记录员一共三人。 军曹看看助手，再看看记录员，不说话。 记录员难掩内心高兴，却故意板着脸说:"长官有什么吩咐，我和董哥不敢推辞，一定办得光鲜妥帖。"

军曹咳嗽一下，才说:"小董，你有几个月没拿到赏金了?"

小董有些不高兴:"三个月了，上个月那个枪械贩子，其实是我先查的……"

军曹叹息道:"不说这个了，老老虎通吃，小老虎空吃。 眼下这件事，可得办好了。 人家是正经教员，又是国会议员的表弟，现在查明了，没有嫌疑，托人找工作，有什么嫌疑呢？ 活在世上，谁不托人？"

小董和记录员都点头说："那是，没嫌疑，他又不是穷人，何苦跟自家作对？"

随后的事，就很简单了。 谢文锦带着小董和记录员来到自己租住地，付给他们一百二十大洋，还善解人意地叮嘱，回去就说只拿了一百，额外的二十块，一人十块辛苦费。 那两人很是开心，临走时还一再表示，要跟谢文锦交个朋友，以后有事彼此行个方便。

就这样，一个不折不扣的共产党人，被敌人当作一只绵羊给放了。 当然，这只绵羊也要付出代价，羊毛被剪了。

这是谢文锦在上海为党工作的几年间，风险最高、戏剧性最强的一次经历。

这次奇特的遭遇，让谢文锦对时局有了新的认识：别看我们现在势单力薄，东躲西藏，但将来取胜的一定是我们。 他对战友说，这虽是件小事，但小事能反映大问题：反动政府看起来厉害，有权力、有财力、有枪炮，将来注定会失败，注定会死得很惨。 为什么这么说？ 他们的政府和下属之间，连最起码的雇佣关系都说不上，无所谓忠诚和信任，操守、规矩和信仰，早已抛到九霄云外。 雇佣关系前提下，还有个起码的履约责任，雇主给了钱，雇员就得办事。 这个反动之极、腐朽透顶的政府，官员与下属之间是什么关系？ 是奸商买卖，尔虞我诈。 如果有第三方插入，那么情况更糟，买卖关系虽然还存在，但增加了新内容——眼观六路，待价而沽。 为了说明问题核心，谢文锦举了个例子，简洁明了，一听便懂："一百二十个大洋，三个职员被收买，到手的嫌犯就此放掉。 再看看他们的对手，那是什么境界？ 舍家为国，慷慨无私，为了保全战友，不惜牺牲自己。 两下对比，胜负立分。 为了脱身，我花了一百二十大洋，这钱是我自己的，我花得心甘情愿。 相反，就算把一万大洋摆在面前，我也不会出卖自己的同志。 换成对手试试，好戏马上开场，眼睛看着人犯，心里在算计大洋。 比方说，抓住一人赏金五十大洋，下次抓住两个，他想的就是一百，给他八十，就感到吃了大亏，嘴上不说，心里其实在怒骂，那二十大洋，一定是被龟孙子头头贪污了！"

如今的我们面对历史，如果把视野放宽一点，就会发现，谢文锦当初的判断何等准确。 一年之后，谢文锦与其他九位同志在南京被捕，敌人威逼利诱、严刑拷打，种种手段用尽，都未能从他们口中套出任何有价值的情报。 最终，十位壮士慷慨赴死，让行尸走肉的对手惊愕不已。 二十三年之后，重庆渣滓洞，江竹筠等二百多位位烈士英勇就义，八岁的"小萝卜头"宋振中也惨遭杀害。 这样的事实，一方面证明了敌人表面凶残，内心虚弱，另一方面，恰好证明了我方的信仰是何等坚定，胜过磐石。 渣滓洞内，小萝卜头是相对自由的，在较大范围内可以自由走动，几乎天天跟敌方看守接触。 国人喜欢跟小孩开玩笑，常常骗人家小孩喊自己爸爸，这样的玩笑随处可见，无伤大雅。 按照巴蜀一带的民俗，就算小萝卜头喊敌方看守为干爸，也不值得大惊小怪，敌我双方都不会拿似是而非的道德观去评判一个小孩子。 如果小萝卜头肯称呼某个看守为干爸，其最终结果或许不会那么惨。 实际情况是，小萝卜头从小爱憎分明，只会叫自己一方的战友为爸爸，决不会喊敌方看守任何亲切称呼。

当然，谢文锦在上海的经历，十分丰富，远远不止这些。 他在上海的主要工作，可分为两个方面：第一方面是理论研究，写出著名文章《列宁与农民》；第二方面是是致力于学生运动和工人运动，最终成长为上海工人运动领袖。

1925年2月上海日商纱厂工人罢工取得胜利。 日本资本家伺机报复，借故部分停产，停发工资。 5月14日日商纱厂工人再次罢工。 15日上海内外棉七厂厂方宣布停工，工人顾正红带领工友冲进厂内，要求照常上工、照发工资。 日本厂方不允，枪杀顾正红，打伤十多名工人。 五卅运动导火线由此点燃。 5月16日，中共中央发出通告，紧急要求各地党组织号召工会等社会团体一致援助上海工人的罢工斗争。上海学生首起响应，从18日起分别到南京路、新世界等闹市区募捐，援助顾正红家属及罢工工人。外国租界当局以"扰乱社会治安"为名逮捕数人。19日中共中央又发通告，决定在全国范围发动一场反日大运动。24日中共在沪西工友俱乐部组织一万多人参加顾正红追悼会，参会的上海大学四名学生在路经租界时被巡捕逮捕。上海租界工部局准备于5月30日非法审讯被捕的工人和学生，决定对租界内华人加强限制和镇压，并越出租界筑路，更加激起中国人民的反抗情绪。5月28日，党中央根据运动发展想形势，做出决定，"把工人的经济斗争转变到反帝政治斗争"。5月30日，两千余名学生到南京路游行演说，散发传单，控诉日本纱厂资本家镇压工人大罢工、打死工人顾正红的暴行，声援工人，并号召收回租界，英国巡捕逮捕学生百余人。广大学生和上海市民义愤填膺，当天下午，近万名群众聚集到老闸巡捕房门口，强烈要求释放被捕学生，高喊"打倒帝国主义"口号。丧心病狂的英国巡捕居然向无辜群众开枪射击，打死十三人，重伤数十人，拘捕一百五十余人，制造了震惊中外的五卅惨案。

五卅惨案发生前后，谢文锦根据中央决议精神，发动和参加学生工人反帝国主义斗争，及时向党组织报告有关情况。

就在五卅惨案发生的当天深夜，怀着满腔悲愤的谢文锦，给上海地委写了一份报告，简述惨案概况，汇报这天夜里上海各界代表大会的决议。决议一共十二条，都是能具体操作的措施，执行这些措施，能有效促使五卅运动在上海各界和全国各地广泛开展，打击帝国主义的嚣张气焰。

邓中夏在《中国职工运动简史》一文中指出："屠杀事起，共产党知非有一总工会不足以指挥偌大的群众运动，遂根据第二次全国劳动大会的决议，决定乘时组织上海总工会。屠杀之第二日（即5月31日）晚，各工会开联席大会，通过成立上海总工会。于是光芒万丈的明星——上海总工会便于当晚出现了。"李立三当选为上海总工会委员长，刘华为副委员长，刘少奇为总务科主任，谢文锦为副主任。作为刘少奇的副手,谢文锦在五卅运动中成为重要领导人之一。他曾经多次直接部署和协调多地工人的斗争,并且代表总工会与学界、商界等社会各界接洽。

上海总工会成立后,第一道命令就是号召上海工人为反抗帝国主义大屠杀而实现全上海总同盟罢工。谢文锦和刘华、刘少奇、何今亮等一起,组织发动群众进行学生罢课、工人罢工、商人罢市"三罢"斗争和反帝示威游行,上海工人罢工总人数达二十余万。

上海总工会不仅在上海工人群众中享有崇高的威望,而且对全国各地各界也有着巨大影响。例如远在南国的《广州七十二行商报》1925年10月1日发表文章,热情讴歌上海总工会:"工会办事人员,三四月来,辛勤劳苦,日夜无休,饮食无定,疲惫残病,至死不停。夫我二十余万工人,备尝巨艰,而又忍痛坚持,誓死奋斗,所为者何?乃为国家争光荣,为人类张公理,冀以稍挫世界上残暴无厌之帝国主义也。"

而谢文锦,正是"工会办事人员"的杰出代表,"为国家争光荣,为人类张公理",的确是吸引他不知疲倦、奋斗不息的远大目标,这跟他在求学时树立的理想"丈夫之志首在济世,男儿碧血誓为国洒",在本质上是一致的。

五卅运动中,中国共产党发起组织了反帝统一战线组织"工商学联合会"。谢文锦作为工会代表之一,在其中发挥了至关重要的作用,并且曾担任委员会会议主席。1925年9月25日,中共上海区委决定改组上海总工会党团,改组后的党团由何今亮、谢文锦、项英、林育英四人组成。9月下旬,谢文锦还负责宣传工作,五卅运动之中的《上海总工会三日刊》等刊物,即是在谢文锦的领导下继续发刊的。

1926年4月,谢文锦当选为中共上海区委委员,并兼任曹家渡部委书记。同年5月,他又奉调赴上海总工会工作。6月4日,中共上海区委主席团决定由谢文锦担任杨树浦部委书记。7月中旬,区委主席团决定谢文锦到上海南市组织代表会,并负责上海总工会宣传部。

7月下旬,谢文锦担任上海总工会执委会常委,负责南市和浦东区域工人运动,正式成为上海工人运动领袖。

1926年7月30日,根据革命形势发展的需要,中共上海区委决定派谢文锦赴斗争形势严峻的南京,担任中共南京地方委员会书记。此后,他在上海、江苏、浙江等地频繁开展革命活动,其中南京成为其主要活动地。

担任中共南京地委书记期间,谢文锦满腔热忱,精力旺盛,只要一投入工作,就能忘记时间,忘记疲倦。由于他经常在深夜组织会议,一开就开到黎明,同志们给他起了个外号,"黎明锦",还打趣说,这是南京云锦的新花式,由浙江蛮子自费引入。由于他多次变卖家产筹措活动经费,同志们给他编了段顺口溜:"自带粮草,东奔西跑。文近江潮,劳苦功高。"文近是谢文锦的化名,文近江潮有两层含义,一是说他有才华,文思泉涌如江潮,二是说他精力充沛,犹如江潮奔腾不止。

1927年2月,中共上海区委召开江浙区第一次代表大会,谢文锦担任提案审查问题委员会主任和政治问题委员会、工人问题委员会委员,为开好这次大会承担了非常繁重的任务。在这次大会上,他再次当选为上海区委委员。2月16日,中共上海区委举行改选后的第一次会议,除进行委员分工之外,还决定将镇江地区划归以谢文锦为书记的南京地委领导。

4. 澜下英魂

赵虎臣又开始让手下算账,这回是一笔大账目。

作为侦缉队长,他不喜欢跟手下讲道理,小道理都懒得讲,大道理就不用提了。他常说的一句是:"二糊,你阿会算账?"

当然这是针对下属而言,对上级他可不敢这样讲。对上司,他最喜欢说的一句是:"老总,跟着你发达。"

赵虎臣让手下算账:"去五十个人,要多少钱? 约是约的价,请是请的价，要弄清，不要弄糊了。"

今晚的行动，是个大行动，办好了，连薪水加赏金，数目很大，算得上日进斗金。

本是一场风暴，在赵虎臣嘴里变成了这样："听好了，这可不是日糊的事，日糊不得。老总说了，办好了，谁都亏待不了，想亏待谁都难。这么发达的场子，是专门给我们弟兄留的。这种好事，要是办糊日了，到手的大洋可就飞了，那才叫一塌大糊。打起十分精神来，拿出十二分杀心来！这种大家发财的事，谁要敢糊他马皮，别怪老子不客气。逮你二糊下号子，算是轻的，小心你的水牛卵子！"

赵虎臣常说的一个字是"糊"。称呼手下，叫"二糊"；粗心、胡混、和稀泥，叫"日糊"；弄错了叫"糊日"，跟日糊容易搞混了，但意思并不同，糊日的程度要深得多；骗人不叫糊弄，叫"糊他马皮"，这是句脏话；事情砸了，争斗输了，叫"一塌大糊"。

至于水牛卵子，虽属脏词，却有实指。侦缉队成员，为了打斗方便，怕人薅头发，也为了出门威风，吓唬市民，个个剃光头。列队从街面上一走，那阵势，乖乖！够吓人。赵虎臣用"水牛卵子"这个鲜活生动的村话，来指代成员的光脑袋。作为头领，他不用剃光头，头上常年油光水滑。这是他的特权，队员们不敢有丝毫怨言。

约是约的价，请是请的价。约的，指的是侦缉队正式成员；请的，指的是雇来的恶棍打手。

有大行动，人手不够，就得请人。请来的比正式的还卖力，不是赵虎臣有威信，而是白花花的大洋诱惑力太大。

雇来的打手，每人每天发大洋四块。而正式队员，平时出工没有一分钱补助，只是每月拿薪水。只有碰上大行动，才发外块，每人每天五角钱。

为此，也有手下抱怨，自家人还不如外人，人家干八天，就抵得上自己干一个月。赵虎臣听了，瞪着眼睛训斥部下："二糊，你阿会算账？你一年三百六十五天，不分晴天雨天，天天有饭吃；一年十二个月,不分月大月小,月月有钱拿;大街到小巷,大行业到小商店,人人都怕你。 你个二糊,还不知足? 人家卖一天命,拿一天钱。 算算看,哪个划算? 你要是不服气,你跟他换换。"

手下马上赔笑脸:"我们说着玩呢。 队长,我们跟你混,亏不了,跟着你发达。"

账目很快就算清楚了,这次行动所需经费,最少也得一百五十大洋。 说到大洋,那些手下个个来劲。 人为财死,鸟为食亡,一想起即将到手的银元,谁都不觉得累,谁都不怕熬夜,就怕不熬夜,就怕没行动,就怕不抓人。

"只要敢抓,马上发家。"抓对抓错无所谓,都能发家。 抓对了发赏金,发补助,抓错了拿赎金。 就算被抓的找出头面人物来说情,不用支付赎金,那么一顿酒席是断断少不了的。 人生在世,吃喝二字,酒席的诱惑力也很大。 这是因为,钱一到手,就变成自己的家私,老婆孩子都指望着这点钱呢,谁舍得去坐豪华馆子? 羊倌请客就不同了,食客反正不用掏腰包,只管甩开腮帮吃肉,撑开喉管灌酒。

羊倌是他们这行的暗语之一,就是来保释肥羊的人。 至于肥羊,就不用解释了。

每次行动的打手不固定,每次行动前,赵虎臣都要让手下汇账,然后,他去向老总报账。 报账当然是报整数,比方说一百零三大洋,就报一百一,那多出的七个大洋,他和老总分,老总得四块,他得三块。 加上这一天的行动补助,他这天的额外进账就是三块半。

不过,这些都是小钱,真正称得上大钱的,是赏金。 赏金的数目不固定,按照肥羊的级别、名气来定,机动性很大,不确定性也很大。

就是这糊他马皮的机动性、不确定性,让赵虎臣十分恼火。 每次行动成功之后,回到家中,他都要发一通火。 在警察署里,他可不敢发火,被老总听去那还了得,想不想混了? 还想不想拿补贴赚外快了?

"糊他马皮! 钱呢? 说好的赏钱呢? 这次没有? 糊他马皮! 肥

羊头衔不够？糊他马皮！钱呢？大扒皮吞了，二扒皮吞了，被狗吃了！"

越是当面不敢说，心里就越窝火，赵虎臣是这样，他那些手下也是这样。

别以为每天能拿补助，做下属的就会死心塌地。世上没有不透风的墙，天下没有称心如意的人。不称心，往往是因为，总觉得自己吃了亏。

赵虎臣不服气的是，不分给我那些手下也就算了，老子是侦缉队长，恶事都是我做，恶名都是我担，凭什么我都分不到？大扒皮，二扒皮，你俩的良心呢？也叫狗吃了？

侦缉队正式队员想的是，不分给那些雇来的青皮也就算了，他们每天有四块钱进账，不少了。老子一个月才拿几个钱？那么大一笔赏金下来，怎么老子听个响儿的权利都没有？大扒皮，二扒皮，三扒皮，都是一路货色，贪心不足，狼心狗肺。

那些雇来的打手想的是，你们都捧着铁饭碗，月月有进账，过年过节有人进贡，老子可是泥饭碗，每天拿你四块钱，你以为是白得的？自从跟着你们混日子，市民们再也不把老子当人看，见了老子就像见了恶鬼、阎罗王。伤天害理的事都是老子做，抓人打人都让老子打头阵，出生入死的场合都让老子当炮灰。等我们抓到肥羊了，肥羊是合什么等级、值什么价钱，却成了高度机密。糊他马皮！什么高度机密？不就是高额赏钱吗？大扒皮，二扒皮，三扒皮，还有乌龟皮，都不是东西，全都是吃人不吐骨头的货色。

乌龟皮，是黑制服的别称，用来指代穿黑制服的人。

也就是说，这些所谓的执法者，表面看去，每天吃香的、喝辣的，拿外块，耍威风，不可一世，其实，暗地里人人一肚子怨气。

执法者一肚子怨气，老百姓可就遭殃了。南京市民都知道，侦缉队那帮强盗，个个心狠手辣，动酷刑简直上了瘾，杀人不眨眼。街坊邻居有时候聊天声音大了，或者某个人发牢骚了，马上有人吓唬他：

"嘘——你再嚷，再嚷，侦缉队来了，赵虎臣来了！"

在这个非常时期，在这座江边古城，人人自危，谈虎色变。

这个非常时期，指的是1927年春天。这座江边古城，就是南京城。

人们所说的吃人老虎，不止一只，是两只。高高在上的老虎是南京市公安局长温建刚，虎视眈眈，坐镇指挥。四处扑咬的老虎是下关警察署侦缉队长赵虎臣，贪财嗜血，无恶不作。

说起温建刚，并非等闲人物。

温建刚（1900—1934），广东大埔县百侯人。其父为邑内宿儒，家境殷实。温建刚年少时就相貌堂堂，胆识超群。十四岁读中学时，学友邀其到山村度假，有猛虎进村，众人登木楼躲避。第二天黎明前虎又来，众人又登楼，老虎盘桓于楼梯盖下方，久久不去。温建刚分析，虎是饿急了才贸然进村，叫人拿熟番薯投喂，果然连投数次均吞食。于是又叫人把秤砣烧红，填于熟番薯中。饿虎此时已无疑心，再投食时，虎口大张，温将裹着番薯的秤砣投进。老虎吞服后，狂叫蹿出，声震山谷，奔出五六里倒毙。此事轰动一时。十七岁赴南洋谋生，第二年归国入云南陆军讲武学校（云南讲武堂）学习，毕业后任黄埔军校第一、二期军事教官兼学生区队长。讨伐陈炯明时，曾率突击队夜间泗水渡江突袭敌人。北伐战争时期，曾设计助蒋介石脱险，受蒋赏识，被任命为北伐军总司令部副官长，授陆军中将衔。北伐军到达南昌，任南浔铁路（南昌至九江）警备司令，后又任山东烟台警备司令。1927年3月26日任南京市公安局长，为蒋介石扫除异己，杀人如麻。北伐结束，4月18日蒋介石在南京另立政府，温被任命为南京首都公安厅厅长。后赴日本士官学校攻读军事专业。1933年，时任上海警备司令部副官长的温建刚，因毒品利益与杜月笙交恶，又因捧交际花得罪陈果夫。陈遂派中统特务搜集其种种罪证，向蒋介石控告。蒋令戴笠调查。温被捕后，桀骜不驯，触怒蒋介石。1934年被处决。温建刚才情不俗，九一八事变后，曾作《过长城有感》一首，尾联为："山河半壁谁抛却？ 吹雨天风有怨声。"批评蒋介石的不抵抗政策。

温建刚的崛起与沉沦，恰好是蒋介石派系沉浮的缩影。 初有苦心，中有杀心，末有贪心。 蒋之派系，初期苦心孤诣，用心专一；中期酷烈嗜血，精英唾弃；后期贪腐成风，民心尽失。 四大家族崛起之时，也正是丧钟敲响之时。

赵虎臣，本名赵笏臣。 不同于其他警察，他是正牌特务出身。 特务出身的警察，和普通警察大不相同。 只说一条，警察行事，须得顾及当事人性命，哪怕是犯罪分子，也不能轻易击毙。 特务不同，跟军人一样，以完成任务为目的，不必顾及后果。 比方说，让警察去击毙一个罪犯，他会投鼠忌器，不能伤及无辜者。 特务和军人不同，让他去击毙某个人，哪怕这个人是和幼儿在一起，枪手也不会顾忌，只管射击。 直至信息时代，现代文明已高度发达，这种做法也没有丝毫改变。 特工和军人，奉命去歼灭某个对手，比如恐怖分子头目，得知其藏身之处后，可以直接用导弹攻击，哪怕对方是全家老小住在一起，也照样下手。 而警察不能这么干。

在和平时期，像赵虎臣这样的警察没有出风头的机会，相反，会捅出大娄子。 然而在非常时期，比如四一二反革命政变，赵虎臣这样的鹰犬，就成了主人最好的干将。

一些文章中写到，赵虎臣当时是南京市公安局侦缉队长，其实不是，他只是下关警察署的侦缉队长。 正因为他太凶残，太主动，温建刚不得不用他；同时他又太贪心，太自私，温建刚不能不提防他。

为了挑起手下的杀心，赵虎臣再次帮他们算账："二糊，你阿会算账？ 跟我干一年，就能去乡下买田，在城里喝酒吃肉，到乡下收租拿钱。 现在好了，要共产了，你费心费力，刀头舔血挣来的田，一塌大糊，变成穷人的了。 二糊，你算算看，是不是亏大了，要吐血？"

手下当然不答应："谁动我的钱，我就要他命！"

赵虎臣说："不能再等了，共党现在还嫩，六岁的孩子，收拾得了，等他长到十七八，糊他马皮，打不过他了。"

那些光头青皮纷纷说："那还等什么呢？趁早下手，不等他长大成人，先斩草除根。"

"不忙杀，先把人抓到手。"赵虎臣冷笑，"剪羊毛不来钱，套出羊群才来钱。"

"四一〇"事件，在蒋介石的乐谱里，只是四一二反革命政变前奏中的一段乐章。

为便于讲明"四一〇"事件，有必要讲一下四一二反革命政变的策划者蒋介石。只需列出蒋1924年至1927年的经历，就能说清这起大事件的真相。

1924年1月，中国国民党第一次全国代表大会决定建立陆军军官学校，孙中山任命蒋介石为军校校长兼粤军总司令部参谋长。当年10月率黄埔军校师生镇压广州商团叛乱。1925年2月讨伐陈炯明叛乱，6月平定杨希闵、刘震寰叛乱，获得声誉，先任潮汕善后督办，继兼广州卫戍司令。8月黄埔军校两个教导团编为国民革命军第一军，任军长。廖仲恺被害后，支持汪精卫驱逐胡汉民出国，不久又将粤军总司令许崇智驱离广州，收编粤军部分师旅，自此兵权最重。10月率师二次东征，全歼陈炯明叛军。1926年1月在国民党第二届全国代表大会上，当选为中央执行委员、中央常务委员，2月兼任国民革命军总司令。1926年先后制造"中山舰事件""整理党务案"打击共产党和革命势力，相继任军事委员会主席、中央组织部长、军人部长及中央常务委员会主席等要职。1926年7月北伐战争开始，率总司令部赴前线指挥作战，打垮北洋军阀吴佩孚、孙传芳，光复湘鄂赣闽四省，并继续向豫皖苏浙进军。12月，国民党中央党部和国民政府自广州迁往武汉，蒋坚持要迁都南京，冀图直接控制。1927年3月，国民党二届三中全会通过《统一党的领导机关决议案》等一系列提高党权、防止个人独裁和军事专制的决议，取消蒋的中央常务委员会主席和军人部长职务。随后蒋发动四一二政变，屠杀共产党员和革命群众，并在广东和东南各省"清党",屠杀国民党左派,第一次国共合作失败。 1927年4月18日,蒋介石在南京另立"国民政府",与武汉国民政府对峙。

由此可知,南京公安局长温建刚,只不过是"四一〇"事件的执行者,而小小的侦缉队长赵虎臣,不过是现场刽子手而已。

"四一〇"事件过程如下。

1927年3月初,蒋介石在南昌召集总司令部特务处长杨虎、安青帮头子陈葆元等人密谋去南京"清党""开动杀机",任命陈葆元为津浦路特务队队长,先去南京。 3月26日,蒋介石任命其亲信温建刚为南京公安局长。 随后,又任命余子厚为南京公安局副局长,柳世裕为江阴要塞先遣司令,杨虎为津浦铁路南段特务处处长。 温建刚、陈葆元、余子厚等人到南京后,与国民党市党部达剑峰、于懋生等相勾结,网罗青红帮流氓,组织南京劳工总会、武装纠察队,搜集情报,共商屠杀革命者、捣毁革命组织诡计。

蒋介石在军事上也同步部署。 3月末宣布"将驻宁指挥北伐",随后将总司令部行营调至南京。 4月初,把支持人民革命斗争的国民革命军第二、第六军先后调往江北,将其嫡系部队何应钦第一军的两个师调驻南京,以便随时镇压异己。

当时,武汉国民党中央对蒋的阴谋和野心有所察觉,曾秘密制订捕蒋计划。 由国民政府主席谭延闿亲笔书写密令,交林伯渠缝于衣服,赴南京送第六军军长程潜。 林3月27日乘轮船东下,30日抵宁与程商谈。 林伯渠将密令交程潜,程告以"事关重大,且力不胜其任",力主"商谋妥协",事遂未成。 而中国共产党陈独秀等主要领导人尚未引起警觉,于4月5日在上海同汪精卫发表《联合宣言》。 要国共两党革命同志不要听信"国民党领袖将驱逐共产党,将压迫工会与工人纠察队"的谣言,对革命者起了麻痹作用。

4月6日温建刚以公安局的名义颁布通告:"凡地方人民集会结社,须先呈由公安局核准立案,方得开会。"禁止革命团体和革命群众集会。 人民群众强烈不满，市总工会、农民协会等群众团体代表于4月7日赴公安局请愿，要求取消该通告，遭温建刚拒绝。 国民党江苏省、南京市党部领导人，不顾公安局禁令，毅然继续领导民众开展斗争。 4月9日下午，省市党部负责人侯绍裘、刘少猷等领导市民三四万人，在公共体育场召开欢迎汪精卫主席复职、蒋总司令到宁大会。 特务队长陈葆元趁省市党部召开市民大会之际，率劳工总会百余打手闯入省市党部，肆行捣毁，文件财物抢劫一空，并将省党部十人、市党部十余人拘捕，送入市公安局。 众打手当即在公安局签名领钱而去。同时，南京总工会亦被公安局保安队会同打手捣毁。 市民大会得知这一消息，群情激昂，一致决议立即率领群众到总司令部请愿，要求总司令部保护省市党部及南京总工会，并请封闭惩处劳工总会，惩处流氓打手。 公安局长温建刚接见群众并答复，称劳工总会是"蒋总司令派人组织的，封闭该会须得蒋总司令允许"。 群众要求蒋总司令当面答复，蒋拒绝见面。 后因天黑，群众无果而散。

当晚，中共南京地委书记谢文锦召集南京地委，会同国民党江苏省党部、南京市党部和各革命团体负责人召开紧急会议，决定于10日上午9时，召开南京市民肃清反革命大会。 至时，数万市民聚集于公共体育场，声讨反动派唆使流氓打手捣毁省市党部，拘捕负责人的罪行。 大会决定到总司令部请愿。 上午10时，请愿群众至总司令部，由各团体推派总代表要求蒋介石答复。 第一批代表进去后至下午1时未见答复，群众遂派第二批代表进去。 一小时后仍不见回音，又派第三批进去。 当派第四批代表进去时，蒋介石下令不准代表再进。 于是，群众要求代表出来报告交涉情况。 代表出来说，释放被拘人员一事，总司令说无论如何办不到。 群情激愤，一致表示，不达目的誓死不离开总司令部。 至5时许，百余名暴徒冲进，手持器械对群众乱打，更有貌似军人者开枪扫射，当即打死请愿民众数十人，打伤千余人。

当晚11时，中共南京地委，国民党省党部、市党部和各革命团体负责人在大纱帽巷 10 号召开紧急扩大会议，研究应变对策。 会议决定继续坚持斗争，并提出若干宣传口号，最有力的一条，直指蒋介石："同胞们起来！ 罢市，罢工，罢课！ 打倒叛党的蒋介石！"次日凌晨 2 时，侦缉队长赵虎臣带领便衣警察五十多人破门而入，侯绍裘、谢文锦、刘重民、张应春、许金元、文化震、陈君起、钟天樾、梁永等十人被捕，刘少猷越墙脱险。 数日后，赵虎臣等遵照蒋介石密令，将侯绍裘、谢文锦等十人秘密杀害。

"四一〇"事件之前数日，也就是南京公安局长温建刚宣布禁止集会结社的当天，好久不写文章的谢文锦，忽然对身边的同志说，如果有时间，他要写一篇长文，题目都想好了，"革命与武装"。

对方说："《革命与武装》，很好，正好和《列宁与农民》对应。"

谢文锦说，早先，赴上海之前，他的挎包里，一直放着一把镇纸，是熟铁打制的，很趁手，每次走山路，或者夜里出门，都会带上它。 有件合适的武器，遇事才不会慌张。 去上海之前，镇纸送给了家乡的一位同志。

他还说，他的恩师郑纪恒，很儒雅的一个人，从不大声说话。 这样的一位文弱书生，居然也有一把黄铜镇纸，必要时可以护身。

谢文锦说，没有武装，理论再强大，思想再先进，终不能成就大业，救民于水火。

"眼下最要紧的，是揭露敌人的阴谋，唤醒群众，不要麻痹大意，要随时准备斗争。"谢文锦说，"我下午要去金陵大学。"

当天下午，谢文锦召集金陵大学党团员和积极分子百余人开会，郑重宣布："暴风雨就要来了！ 有些人的面目，越来越清楚了。 我们不能再坐着不动了。 在座的都是党团员和积极分子，是革命的中坚力量，赶快行动起来！ 革命总是要付出代价的，总是有牺牲的。 我们不怕牺牲，我们要组织力量，和敌人对抗到底！"

虽然谢文锦的声音是那么激昂，但他内心，有一份遗憾挥之不去，并且越堆越重。 那就是，他很后悔，在写完《列宁与农民》之后，没有马上着手写《革命与武装》。

如果他能活到当年8月，这份遗憾就会消除。1927年8月1日，南昌响起正义的枪声，真正属于中国劳苦大众的革命武装，真正属于中国共产党自己的军队，宣告诞生。

审问过程时，赵虎臣领教了谢文锦的口才。

赵虎臣问谢文锦："姓名？"

谢文锦答："胡文从。"

"胡说！"赵虎臣大声呵斥，"糊他马皮！你叫谢文近，谢师酒的谢，文人的文，远近的近。你以为老子不知道？"

"谢师酒？你还知道这个？"谢文锦假装诧异，"这样说来，你上过学，拜过师？"

赵虎臣不屑："那当然，你当我是二糊，不识字？"

谢文锦一本正经问他："你既然拜过师，识得字，怎么开口就说脏话？老师要是知道，你身为官家人，却如此不懂礼，岂不是很生气？"

赵虎臣火了："你是不是皮肉痒？急着逼我给你上刑？"

谢文锦说："你不会急着给我上刑。"

老虎也有好奇心，赵虎臣问："为什么？"

"如果你是个急性子，早该把我送到温建刚那里，签字拿钱，一手交人一手领钱，岂不更爽快？"

阴险狡诈的赵虎臣，居然被对手抢了先机，这使他一时转不过神来："依你说，我留着你干什么用？"

谢文锦不慌不忙，提出条件："你既然问我这个，我也要问你一个问题。"

赵虎臣愣了一下："你问。"

谢文锦问："你是警察吗？"

"废话！"

"那么，你有孩子吗？"

赵虎臣再次愣了，这个对手所提问题，总是那么出人意料："有，怎么了？"

谢文锦再次发问："如果你的孩子问你，这个人，也就是我，犯了什么罪。面对你的孩子，摸着你良心，你怎么回答？孩子都知道，警察抓坏人，那么我问你，我是坏人吗？如果是，做过什么坏事？"

赵虎臣的回答，多少有些勉强："你是共匪，要干，就干天大的坏事。"

谢文锦说："天大的坏事，莫过于推翻国家政权。孙中山葬送了清政府，你能说，孙先生是坏人，干下天大的坏事吗？"

赵虎臣恼羞成怒："你居然敢跟孙先生比？"

"好的，我不跟他比，"谢文锦好像在让步，"我跟你比，行不行？"

赵虎臣口气很傲慢："跟我比？跟我比什么？"

谢文锦问："你孩子上学吗？"

"废话，这还用问？"

谢文锦继续问："那么你是否知道，乡下的孩子，大多数都上不起学？"

赵虎臣不耐烦了："这跟我有什么关系？"

"本来跟你没关系，现在你把我抓进来了，就有关系了。"谢文锦步步为营。

"我倒不信了，糊他……"赵虎臣总算把脏话忍住，"跟我有什么关系？"

谢文锦说："你说我是共匪，匪，就是匪徒，抢人家东西，劫人家钱财，才是匪徒。我抢人家东西了吗？"

"等于是抢！"赵虎臣好不容易抓住个反击机会，"富人招你惹你了？硬要把他的财产分给穷人，这不等于抢吗？"

谢文锦说："我没干过那样的事，不过如果硬要那样做，也是富人造成的。"

"一派胡言。"

谢文锦不紧不慢地说:"就说我的经历吧。我当过小学教员。有个姓李的孩子,家里很穷,我怕他退学,就把怀表卖了,供他继续上学。他功课很好,后来当了教员。请问,他还需要去分富人的财产吗?"

赵虎臣无言以对。谢文锦继续说:"反过来想一下,如果他上不起学,只能回家,他没有一分土田,只能靠租田糊口。那么,他娶得起老婆吗?娶了老婆生了孩子,孩子上得起学吗?如此一来,娶不到老婆的只能断代,娶了老婆的,只能越过越穷。穷人越来越多,活不下去的人越来越多,做匪徒的人是不是越来越多?再回过来,像我这样的人越来越多,上得起学的孩子就越来越多,有学问人也就越来越多,有了学问,就能有饭吃。当然,你所说的共匪,并不是都像我这样,捐出钱来给穷孩子上学,有的同志本身就是穷人。我们这个组织,最终目标就是,让全中国的农民都有土地耕种,让全中国的孩子都能上得起学。你说说看,像我这样的共匪,是不是越多越好?"

赵虎臣显然被绕进去了,但他又不肯认输,只好狡辩:"这只是你的一面之词,你心中有什么阴谋,旁人怎么看得出来?"

谢文锦笑了:"你这话才没道理。心里想的又不能算罪证,你当警察的不知道这一点?我想把蒋总司令的钱都拿来,买一艘大轮船,把南京的穷孩子都送到苏俄去上学,我做得到吗?你能根据我这个想法给我定罪吗?这是个人方面的。就说我们这个组织吧,最大的阴谋,其实你已经知道了,苏俄不是建成了社会主义吗?你听说他们共产共妻了吗?你听说他们把富人都杀了吗?"

赵虎臣再次哑口无言。

谢文锦追问:"你杀过人吗?杀过我这样的吗?如果你的孩子,将来有一天问你有没有杀过人,那人犯了哪条死罪,你怎么回答他?是不是要说谎?"

谢文锦最后才问他:"你既然已知道我的姓名,我能不能问一下你的?"

赵虎臣总算能够换上骄傲的表情:"赵虎臣。"

"是老虎的虎,还是持笏上朝的笏?"谢文锦微笑着问他,"你知道持笏上朝吗?"

赵虎臣冷笑:"我五六岁时,祖父就跟我讲过。"

谢文锦说:"这么说,你这个笏,原先是持笏上朝的那个笏。"

赵虎臣不回答。 谢文锦说:"现在改成了老虎的虎?"

赵虎臣还是不回答。

"那你完了。"谢文锦下了结论。

"我完了?"看样子赵虎臣很生气,"我完了还是你完了? 老子今天就敢毙了你,你信不信?"

"我信,"谢文锦点头说,"所以我才说你完了。 原先那个笏臣,是大臣拿着笏板,把要给皇帝提的建议和意见写在上面,怕上朝时给忘了。 给皇帝提建议,给不学好的皇帝正式提意见,这是大臣的本分。 如今,你居然改成老虎的虎。 这有两种解释,一是老虎的大臣,伴君如伴虎,这说得通。 不过这也完了,老虎的大臣,老虎说什么就是什么,丝毫不敢有意见,那么这种大臣,除了吃饭,还能做什么呢? 说得好听,是白吃饭,说得不好听,是大草包。"

谢文锦并不理会赵虎臣,自顾说下去:"还有一种解释,像老虎一样的大臣。 这更坏,完蛋得更快。 一来,一山难容二虎,上边的老虎容不下你。 二来,老虎要吃人,老百姓容不下你。 就拿你来说吧,你到处招摇,天天抓人,天天拿赏钱,你的手下个个要赏钱。 你以为温建刚不提防你吗? 你以为他能一再容忍你吗? 过了这阵子,也许他会想出馊主意,说有人告你贪污、多吃多占、坑蒙拐骗。 然后,把你圈起来,抄你的家,看你到底克扣部下多少赏钱。 最后呢,罪名坐实,正式把你拘起来。 为了防止你乱说,你说,他会怎么对待你?"

赵虎臣被戳到最隐蔽的软肋,脸色都变了,脊背上直冒冷汗。

谢文锦又向他的痛处,插上致命的一刀:"就算他肚量大,不跟你计较。可是，你做了那么多坏事，手上沾了那么多鲜血，老百姓能容忍你吗？过了这阵子，蒋总司令见民愤太大，会怪罪温建刚。到那时，他再肚量大，也会把你丢出去，说你自作主张，滥杀无辜，让你当替罪羊……"

"够了！"赵虎臣大吼，"难道老子请你来，是专门让你看笑话？糊他马皮！老子告诉你，不管我明天怎么样，你是看不到了。这一点，老子绝对敢向你保证。"

"我也绝对敢向你保证，"谢文锦义正词严地正告他，"如果你一意孤行，为虎作伥，那么，用不了多少年，你的孩子，你的子孙后代，都会知道，你是一个凶手，杀人恶魔，永远钉在历史的耻辱柱上！"

"糊他马皮！反正你是看不到了。"赵虎臣拍案而起，夺门而去。本已出门好几步，他又折返回来，对手下怒吼，"愣着干什么？上刑！"

手下低声问他："要他招什么？真名，还是羊群？"

"什么也不问！"赵虎臣气急败坏地说，"老子只想揍他一顿！"

"行，那就不问，揍他一顿。"手下有些泄气，看来，从眼前这只羊身上，他们这些小卒拿不到一分钱赏金。于是，这些气恼的小卒，把怨气全发泄到谢文锦身上。

一次抓到十只羊，本来值得庆祝，让手下始料未及的是，赵队长这次不但不高兴，反而气坏了，简直要气疯。

被谢文锦戏弄一番之后，赵虎臣本想另寻肥羊，最好再牵出羊群。"财发精神长"，那样就能消气了。

谁知他找错了对象，找到了语言风格最犀利的刘重民。

刘重民（1902—1927），原名刘盛宝，江苏江都人。1922年考入南京金陵大学。1923年参加社会主义青年团，1924年加入中国共产党。1925年4月任国民党上海执行部宣传委员会委员，5月任教育运动委员会委员。同年8月当选为国民党江苏省党部执行委员，担任省党部调查部长兼工人部长。1926年任中共南京地委委员。1927年4

月 10 日被捕牺牲。

"警官，请教高姓大名。"一见面，刘重民就主动问。

赵虎臣脖子一梗："赵虎臣。"他以为，只要报出大名，多数人会闻风丧胆。

"什么？"刘重民假装听错了，"赵犬臣？ 狗一样的大臣？ 开玩笑，就你那熊样，能做大臣？ 再说了，狗也做不了大臣啊？ 狗要是能做大臣，杀狗的屠夫，岂不是能做皇帝？"

赵虎臣眼中杀气陡盛："糊他马皮！ 老子是赵虎臣，老虎的虎！"

"你是老虎？ 那你们钱署长是什么？"赵虎臣所在的下关警察署署长姓钱，"钱署长是老虎他爹？ 温局长是什么？ 老虎他爷爷？ 蒋总司令是什么？ 老虎他祖宗？"

赵虎臣脸色铁青，一言不发，盯住对方。

"你做不了老虎，连狗都做不了。 在钱署长面前，你是狗腿子；在温建刚面前，你就变成狗爪子；到了蒋介石面前，你什么都不是，一摊狗屎！"

赵虎臣忍不住了，再忍他的脑袋就要炸了。 赵虎臣走向刑具架，看来他要亲自动手。

"当然了，蒋介石也好不到哪里去。 你无赖，他无耻！ 你抢钱，他夺权！ 你混蛋，他背叛！ 你烟消云散，他遗臭万年！"

赵虎臣开始挑选刑具，试试这样，再掂掂那样。

刘重民毫不畏惧："你有儿子吗？ 你这样的狗腿子，将来人家会怎样叫你儿子，你想不想知道？ 我告诉你吧，三个字，狗崽子！"

这一天，南京城内，珠宝廊近处的反动看守所内（今白下路一号附近），一场惨绝人寰的酷刑，将被写入历史，让后人记住，什么是不得人心、自掘坟墓，什么叫奋不顾身、英勇悲壮。

穷凶极恶的敌人，被刘重民骂得狗血喷头，却无言以对，于是想出一条对策——割掉骂人者的舌头。

这条所谓的妙计，恰恰是敌人内心极度虚弱的最好证明。

数日后，温建刚接到蒋介石密令：全部清除，一个不留。

敌人杀害革命者的方式，再一次证明，再毒辣的手段，也掩饰不了刽子手内心的虚弱。

那些被酷刑折磨得奄奄一息的革命者，被敌人直接杀害，装入麻袋。而像谢文锦、刘重民这几个顽强的，敌人居然不敢与之面对。敌人又想出对策，先蒙住他们的头，再塞进盛有石灰的麻袋，用刺刀乱戳。最后，敌人把谢文锦等十位革命者的遗体运至通济门外九龙桥上，投入秦淮河。

敌人以为，夜色能掩盖一切罪恶。他们未曾料到，南京的百姓并没有被刽子手的暴行吓倒。匪徒们刚逃离抛尸现场，附近善良的群众就纷纷赶来，将尸首打捞上岸，葬于雨花台。

雨花台，本是一处城市山林，因为掩埋过烈士忠骨，从此添了几分壮美。

秦淮河，本是一道柔美清流，因为洗涤过英雄身躯，从此多了几分阳刚。

第四章
雾心户主

1. 决策者

潘坑谢家,要分家过日子了。

分家仪式由郑继修主持。郑继修是谢文锦的表叔,也是岁进士郑纪恒的堂弟。至于郑纪恒,远近闻名,妇孺皆知,从前是普安寺蒙馆的先生,后来成为广化高等小学创始人。

对谢家来说,郑纪恒还有一个身份,他是谢家三儿子文锦、四儿子文侯的启蒙恩师。

看到郑继修,谢文锦仿佛看到恩师郑纪恒,怀着对恩师的一份敬意,也为了显示自己读书人的姿态,谢文锦第一个表态:"听表叔的,听阿妈的。"

"这么远,表叔这么辛苦,当然听表叔的。"谢文锦的长兄谢用世,也跟着表态。

老四谢文侯见两位哥哥都这么说,也跟着说:"听表叔的,听阿妈的。"他才十二岁,只是个顽皮的孩子,根本不知道分家有多重要,也不在乎哪个人分得多,哪个人分得少。 不过,因为分家涉及他的利益,作为谢家男丁,他必须自始至终在场。 这让他很不耐烦。

这是1912年夏天。 其时,谢文锦的父亲谢国广已辞世四年,谢文锦结婚刚满半年。

谢文锦弟兄四人,老大、老二是谢国广与原配妻子麻氏所生,老三、老四是谢国广继配妻子陈氏所生。

老大用世比老三文锦年长十八岁,比老四文侯长二十四岁,按旧时代的说法,就是"整整大一代人"。 长兄如父,父亲去世后,他有责任负起家庭重担。 弟弟不结婚,他不可以主动提出分家,否则要被族人、乡亲议论指责。

谢用世结婚较早,按道理,谢国广当初应尽早将他分出去。 不过,谢用世不仅是长子,还是谢家中药铺的药材采购者,独当一面。如果父子分家,势必造成"父子算账"的尴尬局面。 不错,"亲兄弟明算账"也是一句古话,妇孺皆知,但那是指兄弟。 鼓励兄弟分家、算账,目的是激励彼此都投入生产经营,增强家族实力,增大人口红利,最终达到国富民强的理想局面。"父子算账"则是荒唐的,在父为子纲的旧时代,明显属于违背人伦之举,不可想象。

谢国广去世后,谢用世进药、卖药一肩挑,成为中药铺新掌柜,但他只是经营者,却不是拥有者。 其时,文锦、文侯都在上学,文锦十四岁,文侯八岁。 这样的家境,作为长兄,更没有理由提出分家。

谢家还有一个铁铺,早些年生意不错。 洋务运动兴起后,机器生产的铁器渐渐卖到山乡,且越来越多,越来越便宜。 铁铺生意逐渐衰落,后来干脆歇业,铺面作为店面租出去了。

坐在一起商讨分家大事的一共五人：郑继修，陈氏，谢家大儿子谢用世，三儿子谢文锦，小儿子谢文侯。

因谢国广的弟弟国理膝下无子，领养了国广的二儿子用道。按山乡习俗，谢用道为养父谢国理养老送终，继承其全部家产。旧时习俗，出嫁的女儿不能继承家产，一文钱都拿不走。谢用道作为谢国理嗣子，不能继承生父谢国广家产。谢国广全部家产，由长子、三子、四子三人继承。陈氏呢？按旧时规矩，她不能作为继承人分割家产，但是，其生前的生活保障不必担心，总会有人照料，甚至会争着照料。封建时代最讲孝道，清代统治者为了江山稳固，更是推行所谓的以孝治国。其实是变相将晚辈圈禁在家中，凡事听从老人，一切顺着老人，这样一来，天下就太平了，晚辈没机会撒野，没精力滋事，没胆气造反。

陈氏的生养死葬怎么安排？很简单，她可以指定一个儿子奉养她，顺理成章，这个人可以多分家产。而且，老人跟谁过日子，祖居的正房就归谁，而不是跟王族、豪门那样归长子。普通人家如果只有三间房，有两个儿子，怎么分？一般来讲，厅堂，也就中间祭祖的地方，连同上首那一间，应该归供养老人的那个儿子。何为上首？朝南、朝北的房子东边一间为上首，朝东、朝西的房子南边一间为上首。

"皇帝爱长子，百姓爱幺儿"，这两句谚语家喻户晓。皇帝爱长子，这很好理解，立长子为皇储，议论少，麻烦少。幺儿就是小儿子，寻常人家，最招疼爱的往往是最小的孩子。一般来说，分家分灶之后，父母大多跟小儿子过。这是有客观原因的。旧时讲究长幼有序，如果老大没结婚，老二不能先结婚，不能乱了套。大儿子先结婚，方便分家。结了婚，意味着成家立业，可以与父母分开自立门户。于是，大儿子先分出去。接着是二儿子、三儿子，以此类推，最后剩下小儿子，健在的父母，就跟着小儿子过日子。不过也有例外，比方说，二儿子、二儿媳都是好性子，从不发脾气，被父母看中，那么，不等小儿子结婚，就可以预先跟小儿子说定：等你成家了，我们跟你二哥过。也就是说，到底由谁供养，父母有选择权，儿子却没有。不过，如果小儿子一直未能成家，哪怕三四十岁，他也是父母的孩子，必须管着他，不允许将他分出去，宗族不允许，社会舆论也不允许。

还有一个问题，如果父母指定跟谁过了，家产也多分给他了，不久这孩子变脸，不孝顺父母，那怎么办呢？这很简单，当父母的可以反悔，把分家主持人找来，再把族长找来见证，要求重新分家：这孩子忤逆不孝，我们要重新分家，重新立契，多分给他的那份财产，我们要收回。总而言之，只要老人健在，只要老人不疯不傻，在分家这样的大事上，始终有最终决定权。

不过，眼下，陈氏却不想行使任何权力。一方面，她是谢用世的继母，是文锦、文侯的生母，涉及财产分配问题，她要避嫌，不能让人家说当后妈的偏心；另一方面，谢用世虚岁十六便开始围着中药铺转，吃了不少苦，眼下已三十六岁，也就是说，他为谢家辛苦了整整二十年，带给谢家的进益显然不是小数，无论是按情理还是凭良心，他都应该继承中药铺，而中药铺，恰恰是谢家所有进项中最大的一块。既然如此，其他还有什么可说的呢？第三方面的原因，只能放在她内心，不能说出来，那就是，文锦读的是师范，不几年就能当上新式学堂的教员，属于吃皇粮的人，教员虽说不可能大富大贵，却是一世的饭碗。你的亲生儿子读了那么多年书，花去家里那么多钱财，不久就能谋上体面的差使，还不知足？还要多分家产？

更何况，眼下亲生儿子、知书达理的文锦都说了，听表叔的，那还有什么不放心的呢？

郑继修看看陈氏，再看看谢氏三兄弟，咳嗽一声，才说："表嫂子，既然让我主持公道，我就不虚套了，巷子里扛木头，直来直去。"

陈氏马上表态："阿叔，你就直说。"

郑继修说："先说大头，药铺。这药铺子，眼下是用世在用心经营，他在这上面，下了一番功夫，懂行。"

谢文锦插话说："表叔，药铺就给大哥，不用商议了。"

郑继修稍稍一怔，他原本以为要费些口舌，才能说动陈氏及文锦、文侯，只有让懂行的用世继承药铺，才能维系药铺的正常生意，没料到文锦居然这么好说话。他又看看陈氏，等她表态。陈氏说："就按用绣说的，药铺归老大。"

郑继修考虑一番，才说："那么，八月半、过年，用世要不要给家里出一点份子钱？如果出，商议个数目。"

老大谢用世暗自赞同，药铺整个归自己了，每年给老三老四一些份子钱，也是应该的。

陈氏也料到行事周全的郑继修会提这样的建议，她已经想好了应答的话：随他心意，十块二十不嫌少，三十四十不嫌多。

谁知谢文锦摇头说："不用，分家书上写这个，没必要，也不好看。既然药铺全归大哥了，还要留什么尾巴呢？那样，到他儿子手上，要不要继续出份子钱？不出，分家书上明明白白写着，不守规矩；要出，就得每年出，岂不成了负担？一家人，生出怨言，反而不好了。"

听亲生儿子抢着表态，还专门替别人着想，一开始陈氏内心有些不乐意，等听文锦讲完，又不得不佩服，读书人看问题就是清楚。还真是这样，写到分家书上，就变成契约，谁能保证中药铺世世代代都赚钱呢？他自己赚不来钱，还要给你出份子钱，不生气、不生事才怪。

郑继修没料到文锦这么明事理，激动地说："文锦，人家都说你是才子，没想到你这么讲仁义。"

谢文锦故意开玩笑："那还有假？孔圣人的传人，岁进士郑先生的弟子，不仁义，那还了得？"

郑继修挑着大拇指说："难怪我那老夫子堂兄，常常夸你，人才难得，将来国士无疑。"

陈氏不识字，错听成"国师"，笑着说："用绣又不是和尚、老道，能当什么国师？再说了，他去当国师，我还怎么抱孙子？"

大家都笑了。老四文侯说:"阿妈,不是那个国师,说的是国家的栋梁,也就是对国家有用的人。"

陈氏也笑了,连连点头:"那是,那是,这个我信。"

出了这样一个小插曲,气氛更轻松了。随后,郑继修也明确讲到,文锦、文侯都是读书人,那就继续读下去,一直读到能派上用场、捧上饭碗为止。老大做生意,常年不在家里住,不用给他分房产,多分给他几块田亩,山里田亩都不大,也没多少。他可以卖掉一两块地,在药铺附近买房住,两下都有利。

最后录到分家书上的具体条款就不用细说了,按财产份额,大致情况是:陈氏、文锦、文侯分得财产总额的一半,老大用世分得财产总额的另一半。

表叔郑继修并没有偏袒哪一方的私念,郑、谢两家是老亲。六年之后,两家亲上加亲,郑继修的女儿郑银钗,嫁给了谢文锦的四弟文侯。

谢家分家的消息一经传出,潘坑的乡亲议论纷纷,主要分为两派。一派认为,老大用世不地道,有些贪心。虽说他在药铺上花费心思最多,但现在整个药铺都归他,所有药材也没有折算,按说已经不亏,何况药铺有了名声,不用积人气,打名气,正常经营就能保证收益,凭什么还要那么多田亩?另一派认为,用世只读过几年私塾,吃苦耐劳忙到今天。文锦、文侯生来享福,文锦结婚了还在杭州念书,不知要念到什么时候。再有就是,文锦、文侯都是聪明人,念书念得好,将来都能找上正经差事,能分到一半财产就算很好了。

跟谢文锦探讨他分家得失的,当然是认为他吃亏的那一派,认为他沾光的,不会当面说这事。这也是人之常情,没有哪个会傻到这地步,见面就指责对方贪心,分家多得了财产——人家分家,又不分你家房屋田亩,你充什么二愣子呢?

谢文锦听人跟他分析,说他少分了财产,居然笑了,他不说自己,不说分家,反而给人家讲大道理:"兄弟之间尚计较得失,不能和睦相处，国人之间如何能亲如一家？又怎能万众一心共御外敌？洋鬼子要是再来，庚子国难那样的悲剧，岂不是又要上演？"

听他这样说，见过世面、识得大体者，都佩服他的胸襟，多数人则在暗中嘲笑他的书呆子气，"不看自家缸里米，要管人家五百里"，活该吃亏。

分家这件大事，表面看来是表叔郑继修调停得当，运筹合理，其实，明白人都能看出，是谢文锦识大体，敢拍板定案。这件事之后，家中凡遇大事，基本上都是谢文锦拿主张。只要是他决定了，母亲陈氏、妻子周莲朓一般都不反对。在母亲陈氏看来，儿子既然已成婚，就读的又是省城的好学校，人家都说他聪明，学问高，志气大，将来一准是个有用的人。那么，作为母亲，妇道人家，又不识字，就不该反对儿子做主。陈氏还叮嘱儿媳周莲朓：外面人都说，用绣是个干大事的人。郑先生那么有学问的人，还一再说用绣将来一定超过他。用绣这孩子从小有主见，爱做主，我们就依着他。想想看，他一个大男人，在家里都做不了主，在外面怎么做主？外面做不了主，怎么干大事？干不了大事，怎么算有大用？

周莲朓比文锦小两岁，过门时不满十六岁，几乎是个孩子，没上过学，不识字，生在那样的时代，无论当初在娘家，还是现在到娘家，凡事都做不了主。婆婆所叮嘱的，事关她丈夫的远大前程，她当然会记在心里，遵照执行。

此后谢文锦在家里，简直是一言九鼎，根本没人反驳。这无形之中，滋长了他爱拍板定案的脾气。

谢文锦于1919年离开家乡，探寻救国救民的道路，直至1924年才得以重返故乡。五年时间里，他与家乡任何一位亲人都没有碰过面，一次也没有。阔别五年，回家团聚，按理说，他该向母亲陈氏表达一下孝心，向妻子周莲朓表达一下歉意。他有没有这样做呢？没有。他是怀着一腔热血，带着"红染浙南"使命回来的，哪里顾得上婆婆妈妈、小户小家的事？

谢文锦一回家，就跟母亲、妻子分别开会，真的是开会，不是叙亲情，不是谈家常，而是郑重地交代任务，严肃地提出要求。

谢文锦对母亲提出的第一个要求，就让老人家恼火窝心，接受不了。

"阿妈，我家还有几块租田？"

母亲陈氏记忆力相当好，不假思索，当即报出数字。

"每年能收多少石租子？"谢文锦又问。

母亲又报了个数字，补充说："年成不好时，比如雨水太少，总数会少些。"

"阿妈，你听我讲，以后不要收租了。"

"什么？不收田租？"母亲脸色都变了，以为自己听错了，又以为出了什么祸端，"出了什么大事？田租也收不得了？"

谢文锦略一思考，觉得自己有些操之过急。很显然，处于封闭山乡的老母亲，不知道儿子在外面谋划着多么了不起的大事。于是，他讲给母亲听，苏俄社会主义道路上，人民一律平等，人人有饭吃，个个有事做。

母亲的表情，既茫然，又怀疑，但是，对儿子所说的，又不能太怀疑。儿子见过大世面，当过教员，当过校长，到过很远的大城市，还到过很远的外国。眼下，人人都说他水平高，本事大，在干大事。然而，干大事的儿子，却管起了自己的母亲，让她不要收田租。

"三细儿，你听着，"母亲随即改口，"用绣，你听阿妈讲，不收田租，阿妈吃什么呢？一家子吃什么呢？"眼下，除了文锦的妻子周莲朓，还有文侯的妻子儿女，都跟着老人家生活。

"我不是说了吗？将来的社会，人人有饭吃，个个有事做。你可以让莲朓、银钗下田干活，耕种收获，种粮食，打粮食，打下粮食不就有吃的了吗？"

母亲皱眉说："她们两个，哪里干过这么重的活？再说，小孩子总得有人照看，针线活总得有人做……"

谢文锦随即想起什么:"我刚才讲了,个个有事做,不一定都是种田打粮食。 你可以让她们两个种桑树,养蚕,收茧子,茧子卖掉,不就能买米煮饭了吗?"

母亲知道儿子的脾气,做下决定不容家人反对,想了想才说:"那也得慢慢来,多种桑树,讲起来容易,做起来难,总得有几年时间,让桑树长起来。 一家子都要靠养蚕卖茧子买粮买油养活,那得种多少桑树,养多少张蚕? 就算有那么多桑树,人也忙不过来。"

看来谢文锦之前经过仔细考虑,他说:"不用全栽桑树,坡上可以种毛竹。 冬笋能卖钱,价钱很不错;春笋卖不完,可以晒成笋干,也能卖钱。"

母亲摇头,说那些都卖不上大价钱,要想养家糊口,还得靠种田、养蚕。 养蚕也是一门手艺,要养很多蚕,得有很高的手艺。 母亲说:"你是个明白人,应该晓得,很高的手艺,不是三月两月、一年半载能修习完的。"

母亲的这番话,既没有驳回儿子的要求,也给自己和两个儿媳妇留了条退路。 谢文锦虽说性格坚毅,但并非专横无理之人,没有再深究下去,点头说:"是得有个过程。 苏俄的社会主义道路,也不是一朝一夕就实现的。 这样吧,那些租户里,哪些人是真正的穷人,你总归心里有数,是吧? 先把他们的田租免了,一升一斗都不能收。 那些家里有田亩,日子暂且过得下去的,把租给他的田亩一块一块收回来,让莲胅妯娌两个种桑树。"

母亲答应了,只是说,种树要等到明年,趁着春寒时节树叶没长出来,才容易成活,眼下种不了。

随后,谢文锦又对母亲提出一个新要求,这个要求在母亲看来,更加过分。

谢文锦问母亲:"阿妈,我们家,你手上,人家的债据多不多?"

母亲说:"向我家借账的? 有的,有一些。"

谢文锦追问:"算不算利息呢?"

母亲据实相告:"有的算,有的不算。 亲戚的不算,其他人家都算。"

"烧了,把借据都烧了!"谢文锦右手一挥,直截了当地说。

母亲大吃一惊:"烧了? 烧借据? 瞎讲,烧了,哪里还有凭证?"

"就是要销毁凭证呀。 要凭证干什么? 追账索债?"谢文锦说,"将来,不远的将来,大家都是一样的,人人自由,个个平等,都能捧上饭碗。 到时候,你留着这么些借据,也没什么用,反而被人家说成是剥削阶级。"

"什么?"母亲听不懂,"什么经纪? 他们向我借钱,都是当面锣对面鼓,实打实直接谈,根本不用经纪人。"

谢文锦说:"什么经纪、经纪人? 是阶级,剥削阶级,也就是盘剥穷人的人,很可恶的人!"

母亲很不服气:"哪个盘剥人家了? 又不是高利贷。 再说了,先谈好,再交易,愿打愿挨。 人家手头紧,需要钱急用,借给他也是件好事,两下方便,两下得利。"

谢文锦不耐烦地说:"你收人家利息,分明是你得利,怎么还两下得利呢?"

母亲不高兴了:"三细儿,这样书呆子气的话,在阿妈面前讲讲也就罢了,让人家听见,要当笑话的。 怎么不是两下得利? 我眼睛又不瞎,借钱都是借给正经人,能吃苦的勤快人,又不是借给赌钱抽大烟的人。 他借了钱去,或者是做生意,捉猪仔,或者是起房子,盖羊圈。 做生意,总归有得赚吧? 怎么不算得利? 盖羊圈,多养几只羊,总归有收益吧? 怎么不算得利? 就说盖房子吧,表面看不赚钱,还朝里搭钱,但这是大事情,置家产。 不置家产,儿子怎么讨老婆? 老婆讨来,多出人手,传下子孙,绵延香火,这还不算得利吗?"

母亲这套理论,朴实无华,无懈可击。 谢文锦想了又想,才说:"一切剥削阶级,最终都是要被消灭的,也就是说,盘剥人的人,将来是不能存活的。"

母亲不吃他这一套:"欠债还钱,父债子还,自古就是这规矩。欠债可以不还,谁还愿意拼命干活呢? 还不是都往一条路上挤,挤尖了脑袋去借钱?"

谢文锦啼笑皆非:"阿妈,你会去挤那条路吗? 我和文侯会去挤那条路吗? 只有好吃懒做的人,才会那么做。"

母亲说:"你刚才说的将来人人有饭吃,阿妈情愿那是真的。你说借了钱可以不还,帮人救急还有罪,得把借据烧掉,阿妈不信。"

面对只认老理的母亲,谢文锦纵然心有不甘,也不能强迫老人家全部按照小辈的意愿行事。 不过,他还是不愿放弃自己的主张,继续宣讲道理:"阿妈,我没说借钱给人有罪。 借钱给别人,不是都有罪,像从前那些放高利贷的,利滚利,故意让人家还不起,拿儿女顶债的,才真的有罪。"

母亲爽快地说:"那种缺德事,今生今世阿妈都不会做。"

谢文锦再次让步:"阿妈,你手上那些借据,仔细理一理,看哪些人家是真穷,或者家里有人得重病,找出来,烧掉,今天就烧。"

母亲说:"那还真有,不过你放心,这些人家,阿妈也没指望他还钱。"

"那留着借据干什么? 干脆烧掉。"谢文锦说,"既是支持我革命,又是帮你行善事。"

母亲知道儿子的执拗脾气,不烧掉几张借据,是不会罢手的。 于是,真的找出一叠借据,挑出三五张,当着儿子的面烧了。 陈氏虽说没读过一天书,基本上不识字,但数字还是认识的,这得归功于她丈夫谢国广。 谢国广是个细心人,担心妻子不识字,会在账目上吃亏,婚后想出个好办法。 他写了两种格式的契约纸,一种是田租契约,一种是借贷契约,每种抄录厚厚一叠,本该填写数字的地方都空着,然后耐心教妻子认数字。 因为涉及全家利益,当事人学习这类知识,往往最用心,没过多久陈氏就认识了全部数字。 此后,人家来借钱,不用再去中药铺找谢国广,直接找陈氏就行。 契约写好,双方画押了事。

谢文锦与妻子周莲朓碰头开会，下任务，提要求，就简单多了。他对妻子的要求是，从明年开春起，跟弟媳一道，种桑树，养蚕。桑树要越种越多，蚕要越养越多，最多三五年以内，单靠养蚕的收入，就能支撑起一家人的生计。这就是目标。第二个要求，针线活不能落下，妯娌两个要合理分工，人人有事做，天天有活干。

跟婆婆陈氏不同，周莲朓一句也不反驳，只顾点头。一来，婆婆早就跟她讲过，文锦是干大事的人，喜欢做主，顺着他就是。二来，别看周莲朓平时不声不响，其实什么事都清楚。谢文锦很少有时间待在家里，偶尔回来，习惯以当家人的身份指手画脚，要求这样，指示那样。其实他所说的，除了向家里要钱是实打实的，其他大多都是虚的，就算全部答应，他也没法勘察验证。比方说，他让在坡上种竹，你就答应。种不种他哪里知道？他又不认识自家田亩坡地。平时还是婆婆说了算，收租放债，反正由婆婆一手包办，家务活，婆婆说了的，按老人家说的办，婆婆不说的，按老规程办。

谢文锦遇事喜欢拍板，不仅针对母亲、妻子，针对家族里的其他人，也是这脾气。

2008年，八十八岁高龄的谢淑贞，回忆自己的三伯父，最鲜明的记忆片段就是：三伯父说了，等她大了要把她带出去工作。

谢淑贞是谢文侯的长女，其三伯父，就是谢文锦。谢淑贞生于1920年，她第一次、也是唯一一次见到三伯父，是在1925年，也就是说，小女孩当时年仅五岁。一个五岁的孩子，对"大人物"三伯父的印象，不是他的外观长相，也不是他的脾气性格，居然只是他的两句话，这就有些奇特。一般来说，人老了，回忆小时候见过的人，如果还有印象，大多能说出对方长相特征，或者对方性格特征。长相特征，比如很高，很胖，很黑等等；性格特征，比如爱哭爱笑，喜欢孩子，声音很大，威严刻板令人害怕等等。而谢淑贞记得的，唯有三伯父所说的话。至于三伯父皮肤黑不黑，严肃不严肃之类，全无印象。

1925年清明前,谢家修祖坟,谢文锦回潘坑小住数日。看到侄女谢淑贞很可爱,谢文锦当即对自己的弟媳、也就是小女孩的母亲说:"这女儿长大以后,让我带出去工作。"当时,小女孩母亲回答:"只是出门在外,路太远了。"

　　看上去十分普通的几句话,却让对话双方的性格表露无疑。在家族里,谢文锦属于绝对权威,遇事拍板定案,异常果断。"带出去"三字,恰好能证明他年少读书时,恩师郑先生的教导"开眼看世界",对其影响有多深,也佐证了他一年前作为革命先驱回到浙南时,把青壮年都"带出去"的心情何等迫切。而小女孩母亲的回答,正好能说明闭塞山区的人,视野有多窄,区区"路太远"三字,阻挡了多少人的进取之心。这也恰好能说明,谢文锦为什么当初对兴学堂那么执着,那么狂热。受过新式教育,接触过书报刊的学生,无一例外,都会对外面的世界充满向往,渴望出去闯荡,建功立业,扬名于世。旧时代我国落后挨打,原因很多,但是,民众太老实,太保守,害怕路远而不敢外出,不思进取,无疑是重要原因之一。

2. 索取者

　　"三细儿,用绣,你的挂表呢?"母亲陈氏,终于没能忍住,向儿子提出疑问。

　　谢文锦并不看母亲,故意用平淡的语气说,卖了,反正也用不着。

　　母亲既感到生气,又感到不解,提高声音说:"卖了？你就这么缺钱？哪次回家要钱没给你？说多少给多少,给的比说的多！用不着？做先生,上课下课、上学散学,用不着钟表？那你怎么算时间？不怕误了正经事？"

　　"学校里有钟,"谢文锦说,"有专人敲钟,比什么都准。"

　　母亲心痛不已,要知道,当初买这个怀表,她和儿媳妇莲胱,下了很大决心。那时候谢文锦从有名的浙江一师毕业,即将成为新式学堂里的正式教员。婆媳俩认为,周边乡亲,还有本族所有人,都说文锦学问最高,差事又体面,那么,狠狠心给他买只怀表,也是应该的。

这是1917年,民国前期。那时候的怀表毫无疑问属于奢侈品,即便是在城里,也只有少数人拥有,怀表几乎成为上等人的身份标签。至于山乡,能佩戴怀表的凤毛麟角,哪怕是在人口最密集的市镇上,东街走到西街,南桥走到北坝,也极少看到身佩怀表的人。

怀表名贵,怀表稀罕,佩戴怀表当然就不能随便。

佩戴怀表,一般都得穿长衫,衣服布料,最好是丝绸的。偶然穿棉布长衫,必然是新的,至少八九成新,必然是洋布,绝对不能是土布,而且,必得是西式工厂印染的,不能出自民间染坊。

既然怀表是身份的象征,那就不能藏着掖着,即便表的主人不看时间,也要让别人一眼就能看见,这主儿有怀表,不是等闲人。通常情况下,表放在怀中,也就是衣服胸前内袋里,为了方便看时间,更为了显示身份,一条银晃晃的链子,斜挂在主人胸前,上端高高系在衣服纽襻上,或者纽扣眼里,也可用专门的夹子夹在衣服上。怀表沉甸甸的,有翻盖,能防灰尘。这份沉甸甸,提醒着主人,掏表看表时,动作要慢,表情要庄重。一是不能火急火燎,像犯烟瘾的人掏钱买烟,眼睛也不要看着口袋的方向;二是不能两只手掰翻盖,像猴子剥花生,掏表、翻盖,全靠一只手,准确地说,掀翻盖只能用拇指完成,"啪"的一声轻响,或者"叮"的一声脆响,很有派头;三是不能边掀翻盖边看路人,那是臭显摆,讨人嫌。

这样的装扮,能让对面的行人,老远就能看到,哟,绅士来了。这样的装扮,这等隆重的仪式感,能让表的主人获得优越感,产生愉悦感。

怀表是谢文锦自己去城里买的,钟表店掌柜给他调试好,他拿到手就揣进怀中,转身要走,却被掌柜叫住了。对方说:"阿相,怀表可不是这种戴法。"随后不厌其烦,喋喋不休讲述佩戴怀表要注意哪些,不可太随意等等。

其实,在浙江一师,有不少教员佩戴怀表,谢文锦不是不知道其中玄机。 不过，在他看来，表是拿来看时间的，不是为了显示身份，为了显示身份而佩这么贵的东西，不值得。

怀表有了，母亲说，衣服不配，张罗着给他做了两套丝绸长衫。谢文锦打趣说："新长衫有了，礼帽和轿子呢？"

"礼帽？ 什么礼帽？"母亲不解，"轿子？ 哪来的轿子？"

谢文锦一本正经说："穿长衫，佩怀表，戴礼帽，这都是规矩。 等这些都有了，不就是个官老爷吗？ 官老爷还用自己走路？ 总得用大轿抬着，没有八抬大轿，四人抬的也凑合。"

母亲也笑了，又叮嘱他，以后当先生了，要有个先生的样子，不要太随便，更不能跟学生嘻嘻哈哈的。 你是先生，他是学生，君是君臣是臣，要有规矩。

谢文锦忍不住笑了："阿妈，皇帝都打倒六七年了，现在提倡人人平等，新学校，最紧要的就是教给学生人人平等。 你倒好，还说君是君臣是臣。"

母亲说，她只是打个比方，不是说什么皇帝大臣。

谢文锦最终将怀表卖掉，并不是嫌它累赘，而是因为兴学堂资金短缺。

兴学堂，有许多事情要做，不过在谢文锦看来，最迫切的是，让求知若渴的贫寒学子，都能衣食无忧地安心读书。 而在当时的背景下，这种理想显然是不可能实现的。 痛心之余，他只能退而求其次，竭尽自己所能，帮助身边那些家境贫寒而又品学兼优的学生。

"砧板国士"李得钊，就是这类学生的代表，也是谢文锦最器重的学生之一。

李得钊幼年丧母，鳏夫父亲和光棍叔父共同抚养这唯一的孩子。因无田可种，其父在农村给人补鞋，叔父帮人家砍柴打杂，一家三人糊口都很难。 李得钊自小骨瘦如柴，但天资过人，记忆力很好。 邻居们都极力劝说李得钊父亲，无论如何要让孩子入塾读书，孩子有学问，穷家庭才有出路。 乡亲们又纷纷游说私塾先生，说李家细儿如何聪明，将来必定成器，请先生发慈悲，收下这学生。私塾先生答应免除学费，请李家自备课桌。李家仅有一张吃饭的方桌，太大，太矮，显然不适宜当课桌。李得钊没有一句抱怨的话，不声不响，从屋角杂物堆里找出一块黑糊糊、油腻腻的厚木方子，拿到溪水里浸泡，然后，用树叶裹上河沙耐心擦洗，足足洗了小半天。等他将厚木板擦洗干净，邻居们都忍俊不禁。原来，那厚板子一面平整光滑，另一面却凹陷如锅底，密密麻麻满是刀痕——居然是李家祖上用过的肉砧板。

李得钊并不认为好笑，解释说，等我阿叔砍柴时，挑结实直溜的树枝砍四根，把四条腿钉上，就能写字了。

一位阿婶打趣说："这玩意当书桌，再好也没有，一边闻着肉味，一边读书，别提多精神。"

一位阿爷说："老话说得好，读读读，书中自有红烧肉。细儿，从今往后你要用心读书，将来有了用，让你阿爸阿叔吃上红烧肉。"

随后，李得钊就带着用肉砧板改制的课桌，进私塾读书去了。一开始这桌子就引起伙伴们的注意，比起其他课桌，这书案板面太小，但板材又太厚，太重，看上去很滑稽。不久，孩子们终于揭开其中奥秘，背面那个凹坑、那些刀痕，让板材身份暴露无疑。于是，调皮的孩子们开始说笑，夸赞这桌子用途多，正面能写字读书，翻过来能研墨——砚坑都是现成的。

李得钊年龄虽小，但生性敏感倔强，能辨别哪些伙伴的玩笑话是善意的，哪些是恶意的。面对善意的玩笑，他往往一笑了之，不加辩解。面对富孩子恶意的挖苦，他虽说同样不加辩解，但绝无笑脸相迎，相反，他会盯着对方看一眼。

富孩子给李得钊起了个绰号，"肉案书虫"。每当他们课间用嘲讽的语气喊出这个绰号时，李得钊既不会答应，也不跟对方吵闹，还是老办法，盯着对方仔细看一眼。他这样做，不是要跟人家记仇，而是要把对方作为读书的对手，记在心间。在随后的读书生涯中，他会将这些浅薄的对手，一个一个甩在背后。

很快，聪明好学的李得钊就赢得私塾先生的器重。先生亲自给李得钊起了个雅号"砧板国士"。先生说："赤心报国，痴心读书，必能功成。寒窑能出金凤凰，砧板能出真国士。李得钊人小志气大，读书最用心，你们都要学他，从现在起，人人想着要做可造之材，将来才能成为有用之材。"

1917年春天，李得钊带着"砧板国士"雅号，考入岩头高等小学。当年秋天，毕业于浙江一师的谢文锦进入该校，成为李得钊的老师。

谢文锦卖掉怀表，正是为了资助李得钊这样家境贫寒而又品学兼优的孩子。当然，受其资助的，不止李得钊一人。

不佩戴怀表，那两套丝绸长衫也就没什么价值了，于是，谢文锦将好衣服都卖给估衣店。还对自己说，反正喜欢带着孩子们打乒乓球、踢足球，再好的衣服也穿不出好来，白白糟蹋了，卖掉省心，还能换几个活钱用。

再后来，谢文锦总是穿棉布衣服，带孩子们运动时，浑身都是土布。偶尔回家，母亲和妻子不免要抱怨他穿戴不体面，不像个先生，他嘻嘻哈哈说："青菜淡饭吃得饱，粗布衣裳遮得牢。有这两样还不够吗？吃得饱，不会瘦；遮得牢，不丢丑！"

卖怀表、卖丝绸衣服等个人财产，在山里人看来，虽说有些过分，仍然可以谅解；然而，卖祖产，卖田亩，在乡亲们看来，不仅太过分，简直是大逆不道。

中国自古的传统是，能守住祖产的，算是本分人，能建房置田的，算是能干的人，能光宗耀祖的，算是上等人。凡是卖祖屋、卖田亩的，无论你理由多么光鲜，乡亲们都很难原谅，更不用说支持了。

而知书识礼、才华出众的谢文锦，就干过变卖祖产的事。

那是1919年春节之后，谢文锦打定主意，要去上海寻找新生活。为此，他需要盘缠，也需要在外乡生存发展的大笔费用。

"卖田？你要卖田？只有抽鸦片的烟鬼子，好吃懒做的败家子，才想到要卖田!"听说儿子要卖田亩,母亲陈氏差点就气疯,"你是烟鬼子? 你是败家子? 为什么要卖田? 凭什么要卖田?"

谢文锦显然有所准备,既然在母亲看来,卖田是惊天动地的大事,那么他必须能拿出惊天动地的理由,才能说服老人家,最终达成目的,拿到卖田所得的钱,去上海寻求救国真理。

不过,他所说的大道理,在母亲看来简直毫无道理,甚至是无理取闹。 阿妈说:"你当先生,教书教得好好的;你当校长,学堂管得好好的。 这还不够吗? 你要去管国家的事,你管得了吗? 天底下,没钱、没田、没饭吃的,数不过来,自古以来就是这样的。 你一个教书先生,肩不能挑担,手不能提篮,权力不如当官的,力气不如当兵的,你管天下的事管得了?"

谢文锦有些后悔,自己的说辞,对一位农村老妈妈来说,确实有些空。 幸好,母亲话语中的"当兵的"几个字,提醒了他。 作为从小被呵护的孩子,他深知天下母亲的软肋,随即提出一个简单不过、却又厉害不过的理由。 只见他看看庭院大门方向,再看看左右,才压低声音对母亲说:"阿妈,我不得不走,当兵的要抓我,被他们抓去,就没命了。"

果然,母亲脸色陡变,本能地看看左右前后,急急巴巴问:"你,你闯下什么大祸了? 当兵的要抓你?"

谢文锦这才调整情绪,把原先的大道理从反面角度讲述出来:"你想啊阿妈,如今,好田亩不都是富人和当官的占着? 好房子不都是富人和当官的住着? 金银财宝不都在富人和当官的柜子里藏着?"

母亲有些糊涂:"这,这跟你有什么关系?"

谢文锦启发母亲:闹革命,像外国苏俄那样闹革命,让富人、当官的把好田亩、好房子、金银财宝都拿出来,他们会答应吗? 谁管着当兵的? 还不是当官的? 谁能买通官府? 还不是有钱人?

阿妈一下子明白了。 一来,老人家早就听儿子说起过苏俄的十月革命,奴才、穷人都能翻身做主人;二来,老人家知道自家儿子的脾气,从小不安分,八年前考上中学,不久就把先生的头打破了,被学校开除,学费找不回来不说,还差点被捉去报官。

谢文锦看看母亲脸色,就知道当妈的被戳中软肋,于是趁热打铁说:"这里不能待了,我要去上海。如今上海是闹革命闹得最凶的地方,去那里不但不会被抓去,说不定还能派上大用场。"他居然笑起来,"干得好,说不定能当上大官,到时候,把阿妈接去,好好孝敬你,让你享福。"

母亲说:"阿弥陀佛!小祖宗,谁要你当大官?谁要你孝敬?享你的福?老天菩萨!我想都不想。你不给我惹事,别让我担心,我就磕头烧香了。"

谢文锦知道母亲被说动了,于是拿出一张纸,摊开:"阿妈,我家有哪些田块?你说我写,先把离家远的卖掉。你年纪也大了,离家太远,去一趟都辛苦,碎田那么多,那么远,根本照应不过来。"

提到卖田,母亲难免恼火心痛:"你不说你要钱才卖田,还怪田太远。再远我也不怕,我才不辛苦。"

"好的好的,阿妈,不怪田太远,都怪我,是我要钱急用。"谢文锦先是服软,接着就说出自己的方案,因为经过深思熟虑,所以他的方案称得上无懈可击。

田亩分为六份,老母亲得两份,文锦弟兄、莲朓姐娌四人各得一分。文锦、文侯只能分离家最远的田块,还有最零碎的田块。谢文锦说:"阿妈,你记性好,田亩远近大小一清二楚,我把它写下来,不是不放心田亩多少,而是要挑离家最远的卖,只卖分给我的那一份。你们那五份还捆在一起,一家人还是一口锅里吃饭,还是阿妈你当家。"

提到这些,母亲内心很不好受,一方面是要卖祖产,更主要的是担心儿子的生计和安危。然而,对于儿子外出闯荡,老人家并不阻止,甚至连规劝的程序都省了。从虚岁七岁到虚岁二十四,这孩子一直在外面上学,谋上差事后,也很少回家。老人家早已习惯了儿子不在身边的日子,或者说,她早就知道,这孩子谁也挽留不住。

母亲口述田亩所在位置和面积大小，谢文锦记录。大致统计分析后，谢文锦指着纸上那些地名，对母亲说："这样，除了潘坑的水田，石鸟头、平齐、上寮的庄田也都留着，其余的都卖了。"

母亲不看纸张，侧着头，右手掐着指头，嘴唇翕动，显然是在默算，随后就说："三细儿，你派不了这么多，你说你只得一份，这哪止一份？"

谢文锦赔笑说："阿妈，除了田亩，我还有一份房产的呀。"

母亲一听，急得跳脚大骂："好你个三细儿，你个败家子，居然还要卖房？"

谢文锦站起来，两手按住母亲双肩，把老人家按坐到椅子上，压低声音说："阿妈你别急，我不卖房，绝对不卖。我这是在跟你商量。我不是也该得到一份房产吗？房产也算六份，我只得一份。不卖，真的不算卖。我这一份房产，就算典给家里，押给阿妈。你把离家最远的那几块碎田卖了，钱给我，算是典押房子的钱。清楚了吗阿妈？你看这个主意行不行？反正我平时不回来，房子都算你们的，我一间都不要，清楚了吗阿妈？"

见阿妈还有些犹豫，谢文锦只好说："阿妈，我不能留在楠溪，必须躲出去，不躲出去，很可能被当兵的抓去砍头。出去了，说不定能干出名堂来，到时候，我家在潘坑买几亩水田，那些庄田、坡地太远，都不要了。"

当妈的哪里听得儿子要被砍头这样吓人的话，连忙摇手："不说了不说了，听你的，按你的主意办。卖田，离家远的都卖掉，钱都归你。家里的现钱，你都拿走。"

谢文锦一共从家里拿走多少钱作为活动经费？只有一个人清楚，那就是记性很好、算账很精的母亲陈氏。当然，母亲是不会向儿子讨债的，老人家从没向任何人说起，文锦从家里拿走多少钱。不过，虽然无法得出具体数目，但历史总会留下相关线索，据此可以推测出大体数字。

在封建时代的广大农村，田亩和房屋是最值钱的不动产，而田亩远比房子抢手，也更值钱。农村有谚语："田亩是母鸡，房屋是公鸡。"母鸡天天下蛋，养母鸡要比养公鸡效益高得多。

谢文侯的女儿谢淑贞，在晚年所写回忆录中不仅明确记载，"谢文锦将分到自己名下的田卖掉作为外出的活动经费"，还提到，1929年，谢文侯花费六百银元，购得陈姓人家新房子房屋三间半。由此可知，即便在山乡房价也不便宜。再好的木结构房屋也会老旧，而田亩却是永久的财富，因此田亩比房屋贵是有道理的。综合分析，可以推出一个大致的结果：谢文锦从家中拿走的钱，应该在一千银元以上。

这个结论，还可以从周莲朓的哭诉中得到佐证。某年清明节，周莲朓祭祖，想到丈夫谢文锦英年早逝，想起自己遭受的种种苦楚，边哭边数落："人家念几年书，饭碗捧得牢牢的；你念书念了二十年，倒把性命弄丢了！我跟了你十五年，你在家没住上一百天。一年跟我说不到一百句，你一年拿走不止一百块！"

从周莲朓的哭诉内容看，她是非常在意丈夫的，连他读书读了多少年都算得一清二楚，很显然，这些都是她暗自打听来的，谢文锦不会跟她聊这些。"你念书念了二十年，倒把性命弄丢了！"有一丝自豪的成分，更多的是悲叹。"在家都没有一百天"，显然是虚指，不能作为实证。"一年跟我说不到一百句"，也是虚指，无须坐实。不过，最后一句"你一年拿走不止一百块"非常重要，这虽然也是虚指，但以周莲朓的贤惠，还有她对丈夫的敬重，能确定她说的数目是可信的。周莲朓再苦再累，内心再冤屈，也不会诬赖作为知识分子的丈夫多拿钱。

这样一来，答案已经有了，不包括上学的费用，谢文锦从家中拿走的钱，绝对超过一千银元。也就是说，原先家境殷实的谢家，是在革命先驱谢文锦手中迅速败落的。

而那时的物价情况，看一下鲁迅买房的实例就能知道。1924年，鲁迅在北京买下一座占地五百平米、有九间房的四合院，只花了不到一千银元。

拿着变卖田亩的钱，谢文锦离开家乡，去了上海。在那里，他结识了瞿秋白，并在《新青年》杂志社工作。

瞿秋白何许人就不用介绍了，人尽皆知。机缘巧合的是，两年之后，谢文锦和瞿秋白再次在遥远的异国他乡相遇，成为校友。哪座学校？莫斯科东方大学。不过，在东方大学里，谢文锦是学生，瞿秋白是老师。

1920年8月，瞿秋白作为北京《晨报》和上海《时事新报》特约通讯员到莫斯科采访。1921年东方大学开办中国班，瞿秋白作为当时莫斯科仅有的翻译，进入该校任翻译和助教，讲授俄文、唯物辩证法、政治经济学，并担任政治理论课翻译。

3. 舍家者

明媒正娶，花轿迎亲，来自黄南乡霄岭村的周莲胅，满脸羞涩，心情忐忑，嫁到岩头乡潘坑谢家。黄南乡地处永嘉北大门，在楠溪江上游。

这一年，周莲胅十六岁。夫君谢文锦，比她大两岁，是个学生。听旁人说，夫君长相斯文，对人和气，尤其重要的是，据说他聪明无比，读书过目不忘，从私塾到高小，一直是岩头最有学问的岁进士郑纪恒先生最钟爱的学生。

这是民国元年的正月十八，1912年3月6日。这个日子，让周莲胅终生难忘，也让谢氏一族的人印象深刻。不仅因为这天是黄道吉日，好日子常常有。不仅因为这天倒春寒，天降小雪，浙南的深冬和早春通常都不太寒冷，但山区降雪不算什么稀罕事。而是因为新郎的表现有些异常，新娘抬进门了，他还迟迟没回家。

谢文锦的母亲陈氏，内心焦急生气，表面却笑容可掬，大声说："用绣还在路上，路远。快了，很快就到家。来，福嫂，快把新娘子搀进去。"

新房里张灯结彩，红烛无声，周莲朓安静地坐在床沿上，等她的夫君回来，跟他拜堂成大礼。

本来，按一个十六岁女孩子的心性，她此刻很可能要悄悄掀开红盖头，打量一下新房，看看家具好不好看，皮箱、樟木箱、柳条箱摆得高不高，甚至还要转头仔细看一下，簇新的大红绸被上，绣的是不是鸳鸯戏水。然而，她没有动弹，也不想动弹。这个山乡女孩的内心，此刻被一层阴霾笼罩着。因为久坐未动，也因为雪天阴冷，更因为心头阴云遮蔽，她的手足渐渐冰凉，喉咙越来越干涩。

新房外，阵阵欢声笑语传来，大多是亲戚朋友的祝福声，也夹杂着本族长辈的抱怨声。

"大奶奶，好福气。儿子学问高，神气；新娘子品貌好，秀气。大奶奶精神好，真福气。"听声音，听语速，这显然是个能说会道，办事麻利的阿婶。

"你也好福气，大家好福气。"这样回答的，显然是新娘子的婆婆。

"大嫂子，怎么搞的？三细儿怎么还不到家？还孩子还懂不懂规矩？亏他读了那么多书。"说这话的，显然是新郎的族中阿叔。

听到有人说夫君的不是，新娘子的内心，有一些小小的不满。这份不满，指向却不是单一的，既有对这位阿叔的不满，也有对新郎的不满。

"快了快了，在路上。"婆婆说。

"应该早早知会他。"

"知会的，路远，山路也不好走。"

"这孩子，读书就是任性。明明知道要成亲，还去上学。过了年，正月也就是这几天，告个假不去上，要什么紧？他这么聪明，几天不读书，功课也掉不下来。"说这话的，还是刚才那位阿叔。

"那是，用绣这孩子聪明，记性好，从小读书就厉害。"这声音有些苍老嘶哑，说话的可能年纪更大，辈分更高。

随后，又一拨客人到了，婆婆笑着高声招呼，请客人吃茶，让孩子吃糖。接下来，先前的程序再来一遍。亲朋抱怨新郎迟迟不归，新郎母亲笑着解释。

渐渐地，周莲朓的手脚麻木了，是冷是痛，全无感觉。渐渐地，那些欢声笑语和埋怨解释，都渐渐模糊，如清风过耳，不再往心里去。

与身体的僵硬与冰凉形成鲜明对比的是，她的嗅觉变得异常灵敏。她闻到了红烛的气味，烟雾的气味和蜡油的气味相混杂，暖暖的；她闻到了新家具的气味，杉木的气味和大漆的气味相混杂，暖暖的；她闻到了新被子的气味，绸布的气味和棉花晒过的气味相混杂，暖暖的；她还闻到了自己的气味，因为被红盖头蒙着，面颊上的脂粉味被笼住，芳香浓郁，也是暖暖的。

在这些暖暖的气味熏染下，十六岁女孩的内心，开始涌出暖流。这股暖流，渐渐漫出心坎，涌向身躯，流向四肢。新娘的躯体慢慢回暖，面颊开始发热，额头上甚至渗出细细的汗珠。原先冰凉的双手，手心也微微出汗。

山路再远，新郎的脚步也会越来越近。他到底长什么样？心气高、学问高的人，会不会脾气很大？听说他读书已读了十二年，有没有书呆子气？我不识字，只认得自己的名字和不到二十个数字，他会不会嫌弃我？他上的是新式学堂，想来喜欢新式的，应该不喜欢小脚，那么，会不会讨厌放大脚呢？

想到这里，新娘的内心，又生出一丝丝不安，原先暖暖的手心，开始发凉。

幸好，不等她多想，外面传来一阵欢呼声，那是她期待已久、千呼万唤的：

"用绣回来了！"

"新郎官回来的！"

新娘周莲朓的那颗心，扑通扑通，剧烈跳荡，震得胸腔隐隐生痛。堂屋里，新郎的母亲陈氏不免要抱怨儿子一句，拖到这么晚，不懂规矩。 谢文锦一边用力跺脚，一边说下雪了，路上很难走。

新郎谢文锦的新帽子上，落了一层雪花。 母亲伸手过去，要摘下帮着掸雪。 谢文锦一手捂住帽子，一手胡乱掸了几下，说："新帽子，专门买来拜堂用的。 就戴它，不用换。"

陈氏转头喊福嫂，让她去搀新娘出来，拜堂行大礼。 新人拜了堂，客人才好开席。

拜过堂，福嫂把新娘的手交到新郎手中："从今以后，就是你的人了，搀进去吧。 你是读书人，懂礼数，新娘子还小，对她好点。 哈哈，没说的，早点生个胖小子。"

旁边的人都哈哈大笑。 一位阿奶说："这个当然。 开春开了怀，过年细儿拜爷奶。 今年年三十，阿奶要给孙子准备压岁钱。"

谢文锦的母亲陈氏乐呵呵说："那还用说，现在就备下了，大红包。"

听到这样的话，新娘的心又开始怦怦乱跳。 隔着绸布袖子，新郎搀住新娘的手，带她进洞房。 虽说外面下雪，但新郎长时间走山路，浑身暖和，隔着一层袖子，新娘还是能感到夫君的手热乎乎的。 新娘那颗心，跳得更厉害了。

进了洞房，新郎扶新娘坐下，不是坐在床沿上，而是坐在梳妆台前。 新郎说话了，声音温和平静："闷不闷？ 把这布摘了吧。"

新娘不敢乱动。 她听人说过，新娘的红盖头，须由新郎亲自掀掉。 再说了，父母之命，媒妁之言，两下里从未谋面，新郎难道不急于看到新娘的长相，不担心新娘长得丑？

谢文锦见新娘迟迟不动，就伸手把那红盖头掀掉，放在梳妆台上。 他在侧面，看了一眼新娘，随后，又朝镜子中看了一眼。 新娘却低着头，满脸通红，不敢看他。

新娘秀丽小巧，稚气未脱，肤色白净，面孔光洁，与人们所想象的江南小女子模样比较吻合。

新郎谢文锦内心想的却是，她还这么小，这个年龄，正是上学求知的好时机。 唉，封建旧习俗，真是太顽固太强大了。

新郎母亲在洞房外面喊："用绣，出来吃饭，主桌的客人在等你呢。"

谢文锦答应了，转头问新娘："你饿不饿？"

新娘不看他，摇头。 谢文锦小时候听老人说起过本地风俗，新娘第一天去婆家，晚上不吃饭，什么也不吃。 第二天也要少吃，反正不用干活，少吃也不至于饿着。 吃多了不好，要排泄，会把马桶弄脏弄臭，不雅；小解也要乘着丈夫不在的时候，悄悄进行。 等第三天早上回娘家，再好好吃顿饭，该干什么干什么。 因此，民间有"新娘子的马桶三日香"的说法，指的是人们对新玩意的喜爱，不能长时间维系，只是初始阶段热乎一阵。

不过，现在既然连大清国都灭亡了，老风俗也该改一改了，所以谢文锦才问新娘饿不饿。 新娘没有受过新式教育，她所知道的规矩，都是母亲、祖母教给她的，当然只能按照习惯思维行事。

新郎说："那我去吃饭了。"

新郎往外走时，新娘偷偷看他一眼。 十八岁的夫君，标准的书生模样，不高不矮，不胖不瘦，脸色平和，不凶，更不刁钻。 于是，新娘的心，安稳了许多。

第三天，新嫁娘回门。 新女婿陪同，带上礼品拜谢岳父岳母，吃一顿正餐，一般是午饭。 饭后小两口返回，婚礼就算办完了。

就在这一天，母亲陈氏明白了一个事实，为什么谢文锦不让别人摘帽子，原来他早已把辫子剪掉了。

因为要去岳父家，谢文锦要稍微修饰一下，让妻子打热水进去让他洗头。 母亲知道了，要他在灶膛前洗头，免得受凉，也免得把新房地面弄湿了。 谢文锦不听，坚持要在新房里洗。 母亲以为他还留着辫子，洗起来麻烦，就帮着打水，多拿了一只脸盆、一条毛巾，送到他房间去。

一进门，母亲吓了一跳。 一个短发少年，站在窗下，由于发型很古怪,根本不像她儿子,就像是个陌生人。

谢文锦说:"阿妈,我把辫子剪了。辛亥革命胜利了,大清王朝亡国了,这条猪尾巴,也早该剪掉了。"说着,他朝婚床指了一下。床上围着新帐子,帐门挽在帐钩上。眼下,帽子就挂于帐钩,帽子下面,垂着一条假辫子。

辛亥革命的重要标志就是剪辫子。做了近三百年大清子民的中国男人,再一次面临辫子存废问题。

明朝灭亡后,满清政府强令其治下各民族,改剃满族发型,"不从者斩"。满清军队攻下南京、苏州、杭州后,认为大局已定,重申剃发令,实行"留头不留发,留发不留头"的高压政策。此举引起各族人民,尤其是汉人的强烈反对与抵抗,许多人誓死不肯剃这种"前面秃巴巴,后面猪尾巴"的难看发式,结果遭到血腥镇压。剃发令的普遍颁布与强制执行,加剧了清初的民族矛盾,触发了江南地区江阴、嘉定、苏州等地的抗清斗争,最终造成多地屠城惨剧。

令后人难以理喻的是,清朝灭亡之后,"前面秃巴巴,后面猪尾巴"的发式,居然也根深蒂固,难以剃掉。

宣统三年,即公元1911年的10月10日,武昌起义爆发。起义第二天,身穿新军军服的革命军,把原清军第二十一混成协统黎元洪从藏匿处拖出来革命,当天他的辫子就被剪掉。1912年2月12日,隆裕太后在紫禁城以宣统皇帝名义发布退位诏书。朝廷所倚重的总理大臣袁世凯,在前一天晚上剪掉辫子。民国初年最大的变化,莫过于男人剪辫和女人放足。不过,要革除陋俗,不是件简单的事。中华民国临时政府成立后,临时大总统孙中山颁布剪辫通令,致电全国:"令到之日,限二十日一律剪除净尽。"剪辫是革命者与清王朝决裂的第一步,被看作革命的象征,也视为文明之举。不过在许多地方,剪辫这样的小事,却需革命军拿着剪刀强制执行。此后的事实证明了革命党人的天真,封建的辫子、腐朽的尾巴绝非二十日内就能剪尽。五年之后,即1917年,"辫帅"张勋带着四千辫子军开进北京复辟,一时间北京城里假辫舞动，有民谣云"不剪辫子没法混，剪了辫子怕张勋"。

谢文锦率先剪掉辫子，说明他是一个思想激进的人，不仅能顺应潮流，而且能引领潮流。谢文锦戴着假辫子回乡下拜堂成亲，说明他是一个孝顺的人，怕长辈的非议引得母亲不高兴；同时也能证明他的聪慧，遇事能变通，不刻板。

同样是在这一天，十六岁的新娘明白了一个事实，这个事实让她痛彻心扉，却又无可奈何：自己不是新郎心目中想找的人。

从黄南霄岭赶回潘坑，刚到家中，只喝了两口热水，谢文锦就说："阿妈，我去上学了，包袱打好没有？"事先没有一句商量，根本没想过要征求新婚妻子的意见，谢文锦就做出这样的决定，而且，按照习俗，如今该服侍他的是结发妻子，而不是老母亲，比方说准备行李，应该由新娘操持。

母亲当然要劝阻两句，但谢文锦只顾说，功课落下赶不上来，很麻烦的。母亲也就不再说什么了，给他叠衣服、拿钱。

新娘周莲朓坐在新房里，梳妆台前，说不上话，帮不上忙，不过，此刻她的内心，生出的不是着急慌张，而是无助和凄凉。

临走前，谢文锦站在房门口，对新婚妻子说："我去上学了，你在家要听阿妈的话，田里不要去，学着做针线就是了。"

新娘本想回答，她会做针线，不用学，但并没有说，只是点头。

等谢文锦走远，婆婆站到房门边，对儿媳妇说："这孩子就这样，读书最上心，其他不灵光。你放心，只要我在，他不敢丢下你不管。这孩子心肠不坏，就是不通人情世故。"

新娘看一眼婆婆，微微点头。

后来的事，谢氏一族的人都知道。三细儿用绣，这孩子心思雄得很，开口闭口兴学堂，办大事，从来不顾家。要么不回家，回家就是伸手要钱。

这种情况，延续七八年。1921年，潘坑村，岩头乡，传播着这样一条讯息，鸿豪相的三细儿，从前的谢用绣，如今的谢文锦，在上海混出了名堂,去很远很远的北方,那个闹革命的苏俄留学去了。

哟呵! 这小子果然不是一般人,从前口口声声说要干大事,都以为他是"花大钱,吹大牛,牛皮胀破空了手"。 现在看来,这小子确实是志向很大,人家可不是说大话,是长远规划。 这小子干事情,还真是拉琴看书——有谱,吹灯对账——有数。

又过了两年,1923年冬天,潘坑人又听到一则有关谢文锦的传闻:他由苏俄学成回国,在上海当了高官,眼下已娶了小老婆。

不久,传闻得到证实。 谢文锦的确娶了二房,姓汪,才十六岁。 谢文锦为她买了三间房,在温州城东门。 汪家阿妈在也住在那里,给女儿女婿洗衣煮饭。

谢文锦的母亲陈氏,得知这一消息后,专门跟儿媳妇谈心,劝她不要生气。 还说,小老婆就是小老婆,要在这个家占面子,想都别想。

这时候的儿媳妇,再也不是十一年前那副羞怯怯的模样,二十七岁的周莲朓,手中针线活不停,头都不抬,脸色平静,淡淡说道:"那倒不会,他反正不回家,他们两个,都不会回来住的。"

当婆婆的心中很不痛快,不是为儿媳妇,是为外面那个总是让她放心不下的儿子。 还有就是,周莲朓进谢家已十二个年头,至今没有怀孕生子,男花女花都没有。 唉,这能怪儿媳妇吗? 要怪只能怪自家儿子,要么不回家,回家就是放屁的工夫,钱一到手,巴不得拔腿就走。 难怪本家长辈都说他"点鬼火"。

1925年清明前,谢家修祖坟,谢文锦带着第二房妻子回潘坑小住几天。 乡亲们这才看到用绣小老婆的庐山真面目。 看过之后,难免失望,尤其是老辈。 咳,就那模样,还不如大房呢。

在所有老辈看来,谢文锦的二房都不如大房生得好看,只不过年轻罢了。

谢文锦的二房妻汪味辛,是个新派女子,大脚,短发,上过学堂。

说起这门婚事,与谢文锦的三个门徒有关。 谢文锦首批介绍入党的八位同志，第一位是戴宝椿。 戴宝椿是汪味辛的姑父。 做媒促成这门婚事的是郑恻尘、胡识因夫妇，这二人都是谢文锦的追随者。 二人走上革命道路，是因为谢文锦的引领，谢还是他们的入党介绍人。而胡识因，又是汪味辛之母胡氏的堂妹。

"谢文锦的小老婆汪味辛，不如大老婆周莲朓漂亮，但看上去很厉害的样子。"这是谢家长辈和村里其他老人的普遍看法。 这里的"厉害"，并不是一脸凶相，其实是指气质独特，不属于温婉派，而是个性鲜明。 周莲朓是旧式妇女，惯于低眉顺眼，而汪味辛是新式学校出来的女学生，当然不同。

据如今还健在的汪氏后人回忆，谢文锦在上海工作时，汪味辛曾随往同住。 汪味辛一度还在共产党宣传部门帮忙，校对文字，干一些杂务，但谢文锦很自觉，说只是让她锻炼，不允许她领薪水。 1926年谢文锦调任南京地委书记，由于形势严峻，汪味辛未能随往，仍回温州东门居住。 1927年谢文锦牺牲，汪味辛和母亲生活无着，为了生存，只得将房子卖掉，汪味辛再嫁他人。

周莲朓终其一生未曾改嫁，抱养了一个男孩，名谢光达。 其孙女谢晓芬，现为永嘉机关幼儿园教师。 孙女从教，也算是对谢文锦教育救国思想的继承和延续。

民国时期没有实施一夫一妻制，因此，对于谢文锦娶第二房妻子，不应以今人的道德观去评判。 旧社会，达官贵人有三房四妾并不稀罕。 即便是一些新派人物，也都没有奉行一夫一妻制。 在当时，人们并未觉得有什么不妥。 历史人物的婚姻状况，并不影响后人对其一生功过作客观评价。

再者，旧社会父母包办婚姻，属寻常之举，也不能责怪父母专制，旧时代，必有与其相配套的旧风俗。

话又说回来，在这样的前提下，妇女的幸福美满显然无法保障，甚至无从谈及。 谢文锦对原配妻子周莲朓，按乡亲们的说法，还算不错，作为知识分子，他从不打骂老婆，从未粗暴地相待，也从未想过要休妻遗弃。 在旧时代，休妻其实是允许的，是男子的特权。 不孝、无子、淫贱、善妒、恶疾、多言、窃盗，这些都可以成为男子休妻的正当理由。 其中好几条理由，简直是反人道。

如果谢文锦打定主意要休妻，其实并不难，因为符合硬性条件，周莲朓无子。

客观地说，谢文锦对妻子周莲朓，谈不上尊重，更谈不上疼爱呵护。

今人可能会说，将她冷落在家，不闻不顾，还不如休掉她，她可以重新找个人家，说不定还能过上好日子。 持这种观念的人，其实并不了解旧时代的风俗人情。 女子被休，属于奇耻大辱，不但被休者从此无脸见人，就连娘家人也会蒙羞，抬不起头来。 因此，如果妻子没有重大污点，比如不贞洁、大不孝，丈夫不会轻易休妻，为的是给她留条生路。

周莲朓也曾去上海短暂居住。 那是1925年秋天，谢文锦娶第二房妻子汪味辛接近两年，汪味辛一直未能怀孕。 婆婆陈氏抱孙子心切，鼓动周莲朓去上海，与谢文锦共同生活一段时期。 为此，老人家还专门请人写信，托温州开上海轮船茶房员工捎给儿子，说周莲朓要去上海，一定要对她好些。

周莲朓在上海居住不到两个月，就返回潘坑老家，再也没有外出。 二十一年后，1956年，谢文锦的革命烈士身份得到确认。 此后，孙子辈的孩子出于好奇，曾多次问周莲朓："三婆婆，当初为什么不跟三爷爷一起在上海住？"

无论问多少次，周莲朓的解释都是一样的："听不懂说话，只听得懂两句。 早上，佣人端水进来，喊一声，'太太洗脸'；吃饭时，佣人喊一声，'太太吃饭'。"没有一句抱怨丈夫的话，也没有一句提及二房汪味辛。 她以最简洁的语言，最实在的理由，回答了问题，维护了丈夫，保护了自尊。

1927年4月，谢文锦在南京慷慨就义。

谢文锦活着时，周莲朓这个人，留给谢氏家族和潘坑乡亲的印象十分模糊，样子模糊，个性模糊。大家都知道谢家有这么个人，是谢文锦的老婆。至于她好看不好看，能干不能干，贤惠不贤惠，大多数人都说不清。因为谢家外面是文锦做主，屋里是文锦母亲陈氏当家，周莲朓妯娌两个，主要是做家务，煮饭，带孩子，再就是做针线活，不需要抛头露面。

谢文锦牺牲时，母亲陈氏年过花甲，但记性不减，精神不减，可惜的是，她家田亩已经不多，靠收租就能生活的日子，一去不复返。谢文侯去南京收拾谢文锦遗物，打点其他诸事，还向村人借了四十大洋作为盘缠。至今，这份毛笔书写的借据还在债权人后代手中。

之前的周莲朓，外有顶梁柱，家有管事婆，什么都无需操心。而今不同了，梁塌了，柱倒了，今后谁来支撑这个家？正在婆婆伤心之际，正在村里人怀疑之际，周莲朓用行动作出了回答。她戴着竹笠走出家门，开始了田间劳作。此后，只要天时好，村人每天都能看到她下田劳作。人们还看到，婆婆颠着小脚，领着周莲朓去认自家的田，有的很远，有的只有巴掌大。很快，周莲朓记住了谢家所有田块的准确位置。之前的她，除了潘坑那块两亩的水田，其他田块都不知道在哪里。

婆婆惊讶地发现，三儿媳变了，不再低眉顺眼、轻言细语，变成一个办事干练、说话爽利的人。不出两个月，村里人都说：这个谢家三儿媳，还真不简单。文锦被杀时，文侯家的三个孩子，最大的七岁，最小的才四岁，文侯老婆银钗的身子不好，文侯又不在家，这六口之家，全靠她一人支撑，也难为她了。

文锦牺牲后的第二年，老四文侯的妻子银钗病逝，此后，三个孩子，一个老人，全靠勤劳而又坚韧的周莲朓照顾。婆婆终于承认，这个儿媳妇不简单。婆婆忍不住自责：要是用绣刚结婚，我这个当妈的就放手，让莲朓当家，或者把用绣分家分出去，用绣或许不至于像断线的纸鹞子，抓都抓不住。

下田干活，照顾全家，显示了周莲朓贤惠的一面。她的另一面，则让人肃然起敬，显示出她作为革命者妻子的高贵品质，深明大义，敢做敢当。

周莲朓多次接济共产党派来潘坑开展地下工作的党员谢用卿、徐寿考、郑中卿、胡国洲等人。尤其难得的是，女党员陈玉华抗日战争期间曾潜藏于周莲朓家中，开展地下斗争，发展妇女组织。

婆婆陈氏也曾为此担心，怕再惹出祸端。谁知周莲朓不以为然："都这样了，还有什么好怕的？除了三个小孩子，还有什么？老寡妇、小寡妇！还能把我们怎么样？他们要是不怕伤天害理，天打雷劈，尽管作孽。"

婆婆陈氏1946年辞世，享年八十。

谢文锦的胞弟谢文侯，也是一位传奇人物。跟文锦一样，他从小博闻强记，读书很多。谢文锦牺牲后，文侯被中共党组织送去苏联留学，1929年回国。其后十余年间，一直从事革命活动，曾任浙南红军总指挥部三支队队长，红十三军一团三大队大队长，红十三军一师三团团长。解放战争时期，谢文侯错投国民党部队，1949年被人民解放军俘获，1951年在镇压反革命运动中被枪决。其生平比较复杂，不在本书中详述。

1951年，谢家仅剩两间房屋，但因从前屋多田多，被划为地主。这种做法毫无道理可言，属于典型的左倾思维。谢家房子被分掉一间，家具全部分光，养子谢光达是唯一劳力，也被罚去乡里做义务工。周莲朓此后的日子，异常艰辛。一次她下地割麦子，因为小时候裹过脚，后虽放开，但双脚均为畸形，劳动不便，加上年纪大了，干活远比一般人辛苦。好不容易把麦子全部割倒，捆扎好，没等她往家里运，一个姓麻的村民赶来，大声呵斥："贫下中农都没白面吃，地主婆能打麦子磨白面？"不由分说，将麦子全部夺去。多年所受的委屈瞬间爆发，周莲朓扑倒在麦田，用力捶地，大声哭喊："文锦呀文锦，你做的什么事？革的什么命？革命怎么刮自家？革命就是刮自家？你口口声声干革命，干大事，没见过你为家里干过一件事，没见过你往家里拿回一分钱！要钱，要钱，要钱！你只会向家里要钱！卖田，卖树，卖房子！你只会卖家！"

周莲朓的不幸遭遇，引起一位知识分子的同情，他就是潘坑小学教员金成球。小学设在祠堂，离谢文锦家仅几十步，金成球上班下班，来来去去都经过谢家。金成球听说过谢文锦的事，心想，既然他留学苏联，想来不是一般人物。一天下学后，趁左右无人，金成球走进周莲朓家中，悄悄问她："三婆婆，你家文锦，有没有书信之类的留下来？"

由于谢文锦早年做过小学教员，所以周莲朓一向对教员比较信任。既然对方关心这些，她也就不隐瞒，把藏在板壁里的书信都拿出来。金成球一一翻检，有的是下级的请示，有的是组织的指示。其中有一封，金成球一见就两眼放光，呼吸急促。原来，这是谢文锦昔日东方大学的同学、今日中国大人物刘少奇的一份亲笔信。

金成球仔细阅读完这封信，仍交给周莲朓保管，回家后，经过深思熟虑，写了一封信。他考虑的是，这封人民来信发出后，要经上级领导层层阅批，因此不能啰嗦，要抓住核心问题，说到点子上。

核心问题有四点：一是我乡潘坑村谢文锦，据说早年留学苏联，跟刘少奇同志是同学；二是据说谢文锦很早就加入中国共产党，在上海、南京干革命；三是据说谢文锦在南京干革命时被国民党所杀，应当算烈士；四是谢文锦家属阶级成分定的是地主，这是不正确的。

写好之后，金成球犯了难，暗想：如果别人说我同情阶级敌人、为地主翻案，那可怎么办？如果情况不属实，谢文锦早期干革命，后来保不准跟他弟弟文侯那样，站错队伍，那也算不得好人，真要那样，会不会怪我为叛徒翻案？

思前想后，金成球有了主意，让学生抄写一份。那样就算搞砸了，要对笔迹也难——谁想到一个小学生能考虑这样的大事？

金成球找来谢文锦的族侄孙，六年级的谢纯火。谢纯火十六岁了，比较成熟，办事老练。 金成球问他："你三婆婆对你怎么样？"

谢纯火问："哪个三婆婆？"

"你们谢家的，"金成球说，"有照壁、门楼子的那家。"

"哦，用绣三爷爷家的三婆婆。"谢纯火点头说，"好。"

金成球问："你知道你用绣三爷爷？"

"当然知道，"谢纯火有些小小的得意，"我阿爸说，他是个大人物，学问很高，能说三个国家的话。"

金成球启发他："你看，他早先干革命，那么了不起，而现在你三婆婆却定了地主。 你说说看，这合理不合理？"

谢纯火摇头："当然不合理。"

金成球压低声音跟他商量："现在我有个办法，说不定能管用。弄好了，你三爷爷就能评上革命烈士，你三婆婆就不用当地主婆了。你也是谢家的，愿不愿意帮这个忙？"

谢纯火没有丝毫犹豫，态度很坚决："当然愿意。"

就这样，信很快抄好，顺利发出。 收信地址是：永嘉县民政科。

这件事最终有了结果。 有关部门经过缜密调查核实，确认了谢文锦的烈士身份。 1956年谢文锦被追认为革命烈士，地方政府按照军队正师长的级别，给烈士家属周莲胧发放抚恤金。

据谢氏族谱记载，一位名叫谢纯余的当地干部在这件事上出了力，主持了公道。《蓬溪谢氏宗谱》中写道，"人皆道是包公再世"的谢纯余到潘坑工作，"闻悉文锦烈属被奸徒诬陷为地主。 君辄挺身而出，伸张正义，恢复其烈士荣誉，并发给恤金数百元，树立正气"。

按现在仍居住于潘坑村的老人的说法，此信惊动了中央，刘少奇曾有亲笔信写给谢文锦遗孀周莲胧，让她去北京。 因为周莲胧不喜欢外出，就没有去。 后来"文化大革命"爆发，刘少奇被打倒，也就没人提这些。 至于周莲胧家中所藏书信去向，一种说法是销毁了，一种说法是被红卫兵抄去。 以上说法均无法查证。

周莲胧1969年病逝，享年七十三岁。 也就是说，从1956年到

1969年，作为革命者妻子的周莲脁，只有这十三年的晚年生活，是安定平和的。

4. 先行者

史家如是说——

谢文锦（1894—1927），男，汉族，原名用绣，字聚霞，浙江永嘉人。

1917年毕业于浙江省立第一师范学校，回家乡创办岩头高等小学，培养进步学生。

1919年赴上海，在《新青年》杂志社任职，参加五四运动。

1920年加入社会主义青年团。

1921年被派往莫斯科东方劳动者共产主义大学学习。

1922年转为中国共产党党员。

1923年冬回国，任中共中央秘书、共产国际代表鲍罗廷的翻译。

1924年4月，任中共上海区委委员、秘书和组织部主任。同年秋至12月，创建中共温州独立支部及社会主义青年团温州特别支部。

1925年，任上海总工会总务科副主任，参与领导上海工人反帝运动。9月，任上海总工会中共党团成员，后任上海总工会常委。

1926年2月，任中共上海区委委员，并先后兼任曹家渡部委书记、杨树浦部委书记。8月，任中共南京地委书记。

1927年4月10夜，主持召开中共南京地委紧急扩大会议时被捕。数日后英勇就义。

乡亲如是说——

谢文锦从小聪明过人，两岁能识字，三岁能写毛笔字，四岁能背好多诗。

谢文锦小时候没有吃过苦，家里有钱，父亲用心培养他。

谢文锦上的都是名校，遇见的都是名师，同学和老师里名人很多,大人物也很多。

谢文锦教书时,语文、英语、体育、音乐、生理,样样拿手。

谢文锦学俄语只用了两年半,就能给共产国际代表当翻译。

谢文锦的文章《列宁与农民》,被毛泽东选去给农民运动讲习所当课本。

如果他从小学医,他家开着中药铺,凭他的天赋,一定能成为名医,就算阶级成分不好,也能成为地方名人、政协委员,可以衣食无忧,安享高寿。

如果他不去上海,作为浙江一师的毕业生,二十四岁就做了校长,只要坚持走教育这条路,就会一帆风顺,能成为教育局长、教育厅长,或者成为著名教授。

如果他从苏联回来,一直研究理论,毫无疑问会成为权威,他三十一岁就写出《列宁与农民》那样的大作品,坚持下去,一定会著作等身。

如果他不担任组织者、领导者,就算只当个俄语翻译,凭他的才华和资格,也会成为翻译家、外交家……

笔者如是说——

历史不容假设,岁月无法重来。

真的猛士,均从凡间之人中走出,然而,凡间之人,往往不能理解猛士的胸襟和壮士的追求。

为了求得真知,他六岁离家,追随乡间名儒十一年。

为了追求平等,他奋起反抗,被重点中学开除出校。

为了践行教育救国的梦想,他考入著名的浙江一师刻苦攻读。

为了培养学生,他卖怀表,卖绸衣,吃粗茶淡饭,穿土布衣服。

为了推广新式教育,他不惜用光家中所有积蓄,替学校置办设备。

为了寻求真理,他不惜卖掉田亩,自带盘缠闹革命,双脚踏上不归路。

为了救民于水火,他甘冒杀头风险,到最艰险的地方传播火种,发展播火者。

为了永恒的信仰,他赤胆忠心,义无反顾,临危不惧,慷慨赴死。

听一听谢文锦的传奇故事,看一看谢文锦的人生画卷,你就会明白:

什么叫胸怀四海,心系大众;

什么叫气贯长虹,义薄云天;

什么叫粉骨碎身浑不怕,虽千万人吾往矣!

参考资料

1. 《浙南革命历史文献汇编（一、二战时期）》，中共温州市委党史研究室编，中共党史出版社，2006年；
2. 《雨花魂》中共江苏省委党史工作办公室等编，中共党史出版社，2015年；
3. 《永嘉英烈传略》，中共永嘉县委党史办公室等编，中共党史出版社，2008年；
4. 《师生英烈耀千秋》，中共永嘉县委党史办公室等编，浙江人民出版社，1989年；
5. 《浙南革命烈士传（第一辑）》，中共温州市委党史征集研究室编印，1984年；
6. 《浙南革命斗争史资料1－12期》（合订本），中共温州市委党史资料征集办公室编印，1985年；
7. 《碧血颂》，中共江苏省委党史工作办公室等编印，1997年；
8. 《浙南人民革命风云》，浙江省新四军历史研究会浙南分会编印，2009年；
9. 《民国黑社会》，吴雨等编著，江苏古籍出版社，1988年；
10. 萧三《岁月消磨不了的记忆》，原载《文汇月刊》1984年第四期；
11. 肖劲光《北伐纪实》，原载《中共党史资料》第九辑，1984年4月。